La Hache

Lowe Thornvald

La Hache

ISBN : 979-10-92321-24-1

EAN : 9791092321241

Encore une fois, je me garde bien d'affirmer que tu es seul responsable de ce que je suis devenu, tu n'as fait qu'aggraver ce qui était, mais tu l'as beaucoup aggravé, précisément parce que tu avais un grand ascendant sur moi et que tu usais de tout ton pouvoir.

FRANZ KAFKA, *Lettre au père* (1919)

Chapitre I

— Aïe ! Maman, Adrien m'a donné un coup de pied !

— Adrien, si tu recommences, tu seras privé de dessert ! Et qu'est-ce que j'ai préparé pour ce soir, hein, petite canaille ?

Le garçonnet haussa les épaules en signe d'ignorance. Ses yeux noisette, malicieux, témoignaient d'un caractère vif, enjoué. Sa sœur, plus jeune d'un an, se mit à danser sur place en riant.

— Moi je sais, moi je sais ! C'est un gâteau aux amandes ! Même que maman l'a caché dans la cuisine, derrière le robot !

— Pivoine, arrête de sauter sur mon manteau, s'il te plaît ! Ramasse-le et mets-le sur le canapé, ma puce.

La fillette s'exécuta en tirant au passage sur une mèche des cheveux raides de son frère.

À cet instant, un homme de stature athlétique fit son entrée dans la salle à manger. Son fils et lui avaient les mêmes cheveux courts, en bataille. Il n'y avait rien à faire pour les discipliner. La mère et la fille, elles, avaient en commun une longue chevelure blonde abondante, joliment bouclée qui retombait en vagues sur leurs frêles épaules.

— Au lieu de vous chamailler, allez chercher vos cartables. Départ dans une minute ! lança-t-il à la cantonade.

Aussitôt les deux enfants se ruèrent hors de la pièce en se bousculant.

— C'est gentil de les déposer ce matin, mon cœur. J'irai les chercher pour le goûter. J'ai trois cent mille choses à faire aujourd'hui, et en plus, j'ai promis à Lucie de lui apporter notre escabeau.

Il la regarda, pensif, avec cette admiration qui ne le quittait jamais depuis tant d'années qu'ils étaient mariés. Comment avait-il réussi à épouser une femme aussi parfaite ? Elle aurait pu être mannequin, mais elle avait préféré être une épouse et une mère. La vie est tout simplement merveilleuse, conclut-il en plaquant un baiser sur ses lèvres.

— À ce soir, ma chérie !

Les deux terreurs déboulèrent avec leurs cartables bringuebalant dans le dos. Debout sur le perron de la maison, à l'abri de la marquise, elle regarda la voiture s'éloigner en souriant puis elle referma la porte et passa la main dans ses cheveux. Le miroir dans l'entrée lui renvoya l'image d'une jeune femme aux traits chiffonnés par l'oreiller.

— T'es pas bien réveillée toi, ma petite ! Une bonne douche te fera du bien ! Une tasse de café aussi, ajouta-t-elle en esquissant une moue.

Elle avait l'habitude de se parler souvent à voix haute, profitant des moments où la maison était enfin calme. Elle rit sous cape, et tout en chantonnant, elle se dirigea vers la salle de bains. Deux heures plus tard, vêtue d'un manteau en laine, elle saisit son sac à main, un parapluie, et sortit en fermant la porte à clé. Tendant la main, elle constata que la pluie avait cessé.

L'épicerie se trouvait au bout de la rue, déserte en ce milieu de matinée, comme souvent dans cette zone pavillonnaire. Elle glissa le parapluie sous son bras et se mit à fredonner un air entendu à la radio, il y a quelques minutes de cela, dans sa salle de bains.

— Bonjour.

Elle sursauta, car elle n'avait pas entendu approcher celui qui se tenait maintenant à ses côtés. L'inconnu la dévisageait en souriant avec insistance. Un rayon de soleil frappait ses yeux marron foncé presque noirs. Elle nota rapidement – presque malgré elle – qu'il était mince, musclé, très séduisant.

— Tu ne me reconnais pas ? C'est vrai qu'on ne s'est pas vus depuis longtemps… Très longtemps même.

Elle scruta attentivement le visage à la peau lisse, la bouche ourlée d'un sourire élégant, sensuel, puis elle remarqua le grain de beauté en haut de la pommette droite.

— Non, c'est pas possible. C'est pas toi ? Si ?... C'est toi ? Claude ?

Elle avait rougi, imperceptiblement troublée. L'homme la dévisageait sans rien dire ; ses yeux seuls lui souriaient, charmeurs.

— Oui, tu vois, c'est moi, prononça t il enfin, plongeant son regard dans le sien.

— Mais c'est… c'est fou, balbutia-t-elle. Mais comment c'est possible ? Mais… Mais qu'est-ce que tu fous là ?

— Figure-toi que j'habite par ici. On peut dire que le hasard fait bien les choses. Je suis tellement heureux de te revoir. Tu as cinq minutes à m'accorder ? Je t'invite à boire une coupe de champagne pour fêter nos retrouvailles.

— Du champagne… ? À cette heure-ci ?

— Il n'y a pas d'heure pour se faire plaisir.

Sa voix était chaude, profonde. Elle s'empourpra.

— Mais où ça du champagne ? Y a rien dans le coin, pas un rade, rien de rien !

Elle gloussa en lui désignant les pavillons et la rue déserte.

— Chez moi.

— Chez toi ?

— Oui, chez moi. Ma maison n'est pas très loin, et je me suis garé juste là.

Il fit un geste vague vers la droite.

— Chez toi, ah oui, carrément…

Elle le scrutait à la dérobée, désarçonnée par son aplomb.

— C'est fou comme tu as changé, dit-elle en rougissant à nouveau.

— Toi tu n'as pas changé. Tu es toujours aussi ravissante.

Ses joues s'empourprèrent encore davantage et elle murmura en baissant les yeux :

— J'accepte, mais dix minutes, pas plus. J'ai pas beaucoup de temps. Désolée…

Elle eut un petit rire, comme pour s'excuser.

— Je comprends, dit-il avant d'ajouter en lui souriant. Avec ce rire charmant que tu as gardé, qui pourrait t'en vouloir de quoi que ce soit ?

— Tu reveux du café ?

René Brière souleva la cafetière en porcelaine, et jeta un coup d'œil à celle qui regardait par la fenêtre de leur appartement. La famille Tréguière possédait cet immeuble bourgeois dont plusieurs appartements offraient une vue imprenable sur le Jardin du Luxembourg, le « Luco » pas très loin de la Gare Montparnasse. C'est d'ailleurs pour cette raison – parce que la Bretagne était proche – que cette famille de notables malouins avait investi dans la pierre. On était le jeudi 2 mars et il pleuvait par intermittence depuis plusieurs jours. Une pluie souvent fine, mais qui finissait par pénétrer jusqu'aux os et vous laissait transi malgré une température trop douce pour un mois de mars.

— Non, je te remercie, dit-elle en poussant un léger soupir.

C'est lui maintenant qu'elle regardait avec cette expression qu'il connaissait bien. Chaque fois qu'elle était contrariée, ses yeux bleus – pourtant déjà très clairs – prenaient une teinte d'un gris presque métallique. Quand ils avaient voyagé à Manille, lors de leurs rares périodes de vacances, toujours prises ensemble, il lui avait offert un pendentif : une pierre précieuse taillée en forme de cœur. La couleur du bijou changeait selon les humeurs de celle qui le portait, lui avait confié le vendeur. René, dubitatif au départ, avait fini par constater que le bijou devenait translucide comme un diamant quand Nathalie était contrariée, puis violet ou rouge rubis quand elle était épanouie.

— Quelle heure est-il ? questionna-t-elle.

— 6 h 30. Pourquoi ?

— Pour rien. Je ne sais vraiment pas pourquoi je te demande ça.

Elle lui sourit, et ses yeux devinrent soudain d'un bleu plus intense, plus lumineux.

— J'ai horriblement mal dormi cette nuit.

— Je sais, tu n'as pas arrêté de me donner des coups de pied.

— J'ai fait un cauchemar épouvantable. Je menais une enquête. Une femme avait été tuée. Une ombre me suivait partout. Je voulais l'intercepter, l'interroger ; mais rien, il n'y avait rien. J'étais seule dans le noir. Je me suis réveillée en proie à une angoisse indicible. Il était 4 heures. Je crois qu'ensuite, je ne me suis pas vraiment rendormie.

— Ce sont les risques du métier, ma chérie. À moins qu'il ne s'agisse d'une de tes fameuses intuitions ! Sors ta boule de cristal et dis-moi s'il va pleuvoir dans l'heure.

Elle éclata de rire.

— Sale type, va ! Commissaire de mes deux !

— Tes deux quoi, ma petite commissaire en jupons ? !

Elle sourit. René était le seul dans son entourage à employer des expressions surannées dont il était la plupart du temps, le seul à en savourer l'exotisme. Cette manie lui venait sûrement de son lieu de naissance au pied du château d'Amboise, et de sa prédilection pour l'histoire des rois de France, au sommet desquels il plaçait évidemment François 1er. Mais elle l'aimait comme il était, délicieusement *old fashion* ou faisant parfois semblant de l'être. Lorsqu'ils étaient tous les deux, ils évitaient d'utiliser le vocabulaire souvent cru des policiers. C'était d'ailleurs un jeu entre eux. Ils aimaient rire de leur métier : le même ou presque. Cela les aidait à surmonter la pression vécue au quotidien. René Brière, commissaire de police, dirigeait le commissariat du 5e arrondissement de Paris. Nathalie Tréguière, commissaire divisionnaire, était la chef de la CISAC (Cellule d'Intervention Anti-Crime) basée à Montreuil en Seine-Saint-Denis.

Elle se leva, alerte.

— Bon, puisque tu ne peux pas nous mitonner un de tes petits plats pour ce soir, tu diras à Yvonne qu'elle prépare un souper pour quatre. Nadia ne peut pas venir.

René, qui était un cordon-bleu et un passionné de gastronomie, préparait quand il était libre de délicieux repas qu'ils savouraient en tête-à-tête. Tous les premiers jeudis du mois, le couple de policiers recevait leurs amis, toujours les mêmes. Il y avait François et Caroline Beauval, des proches de René ; et Nadia Varelski, une amie de longue date de Nathalie Tréguière. Nadia et elle s'étaient connues à l'École nationale supérieure de police, près de Lyon. C'est là également, sur les bancs de la même classe, que la future commissaire divisionnaire avait rencontré René. Ils ne s'étaient plus jamais quittés.

— Yvonne est arrivée à 6 heures. Elle est déjà dans la cuisine, devant ses fourneaux. Tu sais comment elle est… J'ai beau lui dire de venir à 8 heures, elle ne m'écoute pas. Pour le repas de ce soir, tu peux lui dire toi-même. Toi, elle t'écoute toujours.

Yvonne Jaouen était la concierge de l'immeuble, leur femme de ménage, leur cuisinière. Elle était née à Saint-Servan-sur-Mer ; ses parents et ses grands-parents avaient été des employés de la famille Tréguière. Elle avait aussi été la nourrice de la fillette et de son frère, Michel. Mais Yvonne avait toujours préféré la cadette. Quand la jeune commissaire avait été mutée à Paris, Yvonne Jaouen avait insisté pour prendre cet emploi de concierge afin de veiller sur « sa petite ». Personne n'aurait jamais, au grand jamais, osé l'en dissuader. Elle avait imposé comme autre condition qu'elle puisse porter, de temps à autre, sa coiffe traditionnelle ; ce qui faisait la joie des garnements de l'immeuble, et enchantait les commerçants du quartier.

René s'apprêtait à ajouter : « Deux Bretonnes, ça s'entend toujours ! » quand la sonnerie du téléphone fixe l'en empêcha. Il décrocha et reconnut immédiatement la voix sèche de Jean Montansier.

— Bonjour, monsieur le préfet, mes respects. Oui, elle est là. Je vous la passe immédiatement.

La commissaire saisit le combiné, sachant déjà par quelle formule de politesse, le préfet allait entamer la conversation. Jean Montansier était d'une politesse robotique. Lors de ses appels à deux heures du matin ou neuf heures du soir, le ton et la formule restaient identiques. Le préfet de Paris partait du principe qu'il n'avait pas de temps à perdre : il utilisait donc systématiquement les mêmes phrases toutes faites, compréhensibles par tous ses subalternes. Il résidait avec sa femme et leurs six enfants de l'autre côté du Jardin du Luxembourg ; le couple de commissaires et le préfet se croisaient donc parfois dans le quartier. Matin et soir, Jean Montansier promenait son chien, Filou, un Westie blanc au caractère agressif. Filou, qui ignorait que son maître était préfet de police, aboyait comme un forcené et se jetait systématiquement et férocement sur tous les autres chiens.

— Bonjour Tréguière, navré de vous joindre chez vous à cette heure matinale, mais c'est urgent. Je viens de recevoir un appel du commissaire de Gentilly, Yves Dugain. Un corps a été retrouvé mutilé sur un terrain vague. C'est une femme, et d'après Dugain « il lui manquerait quelques organes vitaux ». Vous connaissez Dugain et son art de la formule, du moins quand il s'adresse à moi, ironisa-t-il. Je ne vous cacherai pas que cette affaire tombe on ne peut plus mal. Nous sommes à quelques mois des élections, et la population doit pouvoir vivre en paix dans le calme et la sérénité d'esprit. Vous me comprenez, Tréguière. Dans la bouche de Montansier, ça n'était pas une question, mais un ordre.

— Oui, monsieur le préfet, je comprends.

— Outre Dugain, il y a là-bas deux compagnies de CRS, et deux associations de militants pro et anti-Roms qui sont prêts à en découdre. Ils étaient tous sur place pour l'évacuation d'un camp prévue ce matin à 7 heures. Le camp en question est celui dont on a vu des clichés sordides dans un média, la semaine dernière. J'ai oublié le nom du photographe, mais croyez-moi, « sordide » est le mot qui convient. On n'a pas le droit de montrer des enfants en haillons jouant sur des tas d'immondices avec un pauvre gosse et un rat en gros plan.

Il y eut un silence. Elle attendit, sachant que chaque seconde qui s'écoulait dans un mutisme total, était proportionnée à l'importance de ce qui allait suivre :

— Le camp est juste à côté du terrain vague où le cadavre a été retrouvé. Évidemment, je viens d'annuler l'ordre d'évacuation (elle l'entendit soupirer). Je vous confie l'enquête. Je veux que tout soit réglé le plus rapidement possible. Je fais confiance à votre efficacité personnelle et à celle de votre équipe. Je préfère que ce soit la CISAC qui s'en occupe en priorité absolue. Je veux de la discrétion, du doigté. Les journalistes étaient sur place pour couvrir l'évacuation du camp. Ils y sont toujours. Je ne souhaite pas qu'ils s'immiscent dans cette affaire, vous me comprenez.

— Je comprends, monsieur le préfet. Vous pouvez compter sur moi.

René la vit hocher la tête, avec cette expression imperturbable, comme figée, qu'elle arborait dès qu'on sollicitait son intervention. Son visage fin se durcissait alors imperceptiblement. Ça n'était pas pour rien que ses équipiers la surnommaient la « patronne ».

— Je peux me tromper, mais j'ai un mauvais pressentiment, Tréguière. Partez immédiatement. J'ai prévenu Dugain de votre arrivée. Il n'était pas emballé, mais vous le connaissez… C'est une sale affaire, Tréguière. La femme a été éviscérée.

Chapitre II

Après avoir raccroché, Tréguière avait immédiatement appelé ses équipiers pour qu'ils la rejoignent sans délai à Gentilly. Son équipe de base, ses collaborateurs les plus proches, comptait trois officiers qu'elle avait recrutés personnellement parce qu'ils étaient les meilleurs dans leur domaine. Il y avait Henri Donatien, Marc Antoine Songo et Qong Cheng. Contrairement à la grande majorité des services de police, la CISAC disposait de moyens logistiques et financiers substantiels, mais aussi d'un vaste personnel assermenté. Si bien qu'en dehors de son équipe rapprochée, la commissaire divisionnaire Nathalie Tréguière pouvait compter sur au moins une centaine de policiers immédiatement mobilisables, en cas de besoin. Inutile de préciser que tout cela n'était pas sans provoquer de réels désordres au sein même de la police, une institution pourtant vouée à l'ordre. Le commissaire Yves Dugain faisait partie des plus vifs détracteurs de la CISAC. Il n'appréciait guère la patronne de cette cellule Anti-Crime pour des raisons professionnelles, mais aussi et surtout personnelles, que tout le monde connaissait.

Dugain l'avait tout de suite repérée à l'École nationale de police. Qui n'aurait pas remarqué cette jeune femme d'un mètre quatre vingt, svelte, d'allure sportive. Ses cheveux châtain clair, coupés à la garçonne encadraient un visage fin. Sous une courte frange effilée, les yeux brillaient constamment d'une lueur vive, déterminée. Elle était sortie major de sa promotion. Dugain avait multiplié les avances, en pure perte. Il s'était fait vertement remettre à sa place par la future commissaire divisionnaire lorsqu'il avait trop insisté.

— Tu sais quoi, Yves, t'es lourd ! Laisse-moi tranquille. C'est René que j'ai choisi. C'est lui que j'aime. C'est avec lui que je vais faire ma vie, pas avec toi. Alors je te le dis une fois pour toutes. Va voir ailleurs si j'y suis !

Yves Dugain avait intégré le message. Cependant il ne lui avait jamais pardonné cette humiliation et cette terrible blessure amoureuse.

Tréguière débouchait sur la D127. Elle avait bien roulé jusque-là, mais un véhicule encastré sous un autre, quelques mètres en amont, bloquait la circulation. Elle sortit le gyrophare de la boîte à gants, l'installa sur le toit et appela un numéro :

— Suis sur place dans cinq minutes. T'es où Donat ?

Elle s'adressait à son premier adjoint, Henri Donatien, avec qui elle travaillait depuis déjà plusieurs années, main dans la main. Donatien, Donat ou encore Donuts avait le grade de commandant et exerçait la précieuse fonction de procédurier. Il était toujours le premier arrivé sur une scène de crime pour effectuer les premières constatations. Il devait tout noter, tout consigner. En plus d'être rapide, calme, rigoureux ; le commandant Donatien possédait un œil comparable à un scanner, capable d'enregistrer ce qui aurait échappé à n'importe quel autre regard acéré. Ce n'était pas par hasard qu'on le surnommait le « ninja ». Quand les ninjas entrent dans une pièce, ils cherchent aussitôt avec quoi ils pourraient tuer leur adversaire. Henri Donatien avait adapté cette technique ; en entrant dans une pièce ou en inspectant une scène de crime, il cherchait aussitôt avec quel objet le meurtrier aurait pu tuer.

— Je suis sur site. C'est un beau merdier, patronne ! On patauge dans la boue. Faut vous garer juste avant la casse, au coin d'un chemin qui mène aux berges. Y a pas vraiment de noms de rues. Faut suivre la pancarte indiquant « *Renoux Casse* ». Vous continuez le chemin bordé de cars de CRS, et c'est au bout.

Elle hocha la tête en signe de satisfaction.

— Tu vois Dugain ?

— Je le vois, oui. Il est en train de s'engueuler avec le mec de la pelleteuse qui bouche l'accès au site. Le mec essaye de faire un demi-tour, on dirait, mais y a un car de flics qui s'est embourbé, et des manifestants en profitent pour essayer d'entrer. Les CRS sont redescendus du car. Je vois pas beaucoup de journalistes. Ah ! y a la petite Bringecourt du *Parisien* ! Avec son imper orange, on peut pas la rater… Ah merde ! Y a aussi notre ami Marchand ! Je crois qu'il m'a vu, patronne.

— Qu'est-ce qu'il fout là, ce con… ! Au lieu de s'occuper de la pelleteuse, Dugain aurait mieux fait de renvoyer les journalistes ! Il est con ou quoi ? ! C'était ça, la priorité absolue. T'es sûr que Marchand t'a vu ?

— Oui… Et je peux même vous dire que quand il m'a vu, on aurait dit un chien à l'arrêt reniflant le cul du gibier.

— Merde ! ponctua-t-elle un ton plus haut. Bon, pour la discrétion, c'est foutu. On va essayer de limiter la casse.

— La casse Renoux !

— Oui bon, Donatien, c'est pas le moment, hein ! Je vais joindre Kong et Marcus pour voir où ils en sont. On fait comme d'hab, allez c'est parti, au boulot !

Après avoir coupé la communication, elle maugréa entre ses dents :

— Marchand nous fait chier, il est toujours là où y faut pas, celui-là !

Ses traits se durcirent en évoquant le visage d'Alain Marchand. Le photographe de *StrongNews* – un site d'informations en ligne qui faisait exclusivement dans le sensationnel – avait comme particularité de n'avoir aucun scrupule. Pour lui, tous les coups étaient permis pour rapporter le bon cliché, celui qui lui rapporterait le maximum d'argent. Il faisait partie des bêtes noires de la police en général, et de la CISAC en particulier. Petit, maigre, le visage pointu : il se débrouillait pour se faufiler partout, si bien que tous l'avaient surnommé le « rat » ou plus ironiquement « notre ami Marchand ».

Une Bretonne de souche a toujours un K-way et une paire de bottines en caoutchouc sous un siège de la voiture. Elle se changea en vitesse et claqua la portière. Au moment où elle allait appeler un autre numéro depuis son portable ; les cris des manifestants, suivis d'une détonation puis d'une autre, l'en dissuadèrent. Elle s'avança dans le chemin boueux, subitement envahi par un nuage de fumée blanche. « *Nous sommes tous des Roms !* » hurlaient une vingtaine de personnes agglutinées derrière une banderole où on pouvait lire « *NON aux expulsions ! Collectif Romani* ». En face d'eux, à quelques mètres de la pelleteuse, un autre groupe s'égosillait en brandissant des pancartes où on pouvait lire « *Dehors les Roms ! On est chez nous ! Collectif Riverains en*

Colère ». Un troisième groupe composé de policiers s'abritait derrière un mur de boucliers où s'écrasaient divers objets. La pluie qui tombait toujours finement sans discontinuer ne semblait pas calmer les esprits.

Quand Dugain vint à sa rencontre, elle plaqua un sourire sur son visage. Une pierre, probablement jetée par un des manifestants, frôla sa joue.

— Ça, c'était pour les CRS, constata-t-elle simplement. Tu peux m'expliquer pourquoi ils sont encore là, ceux-là… ? ! Montansier t'avait pourtant donné l'ordre d'annuler l'évacuation. Franchement, je pensais pas trouver une telle pagaille.

— Ça se passe pas toujours comme prévu. On fait comme on peut avec nos petits moyens, grinça-t-il. Des fouteurs de merde se sont infiltrés chez les amoureux des Roms. Ils sont venus pour casser du flic. Avec ces gens-là, faut toujours que ça dégé…

— Bon, c'est où ? le coupa-t-elle sèchement.

Les mâchoires serrées, Dugain lui désigna un terrain vague sur la droite.

— C'est par là. On a reçu un coup de fil au commissariat. Le type déguisait sa voix, mais comme il appelait depuis son portable, on l'a localisé sans problème. Il voulait signaler à la police qu'il y avait une femme morte sur le terrain vague près de la casse. Tes deux sous-fifres, la Chinetoque et le bamboula, sont en train de l'interroger. L'autre, le squelette, passe le terrain au peigne fin en croyant que personne le remarque. Ça me fait marrer.

— C'est déjà ça, commenta-t-elle laconique.

Les sobriquets désobligeants dont Dugain affublait ses équipiers n'étaient pas une nouveauté pour la commissaire. La « Chinetoque » était le lieutenant Qong Cheng ; le « bamboula », le commandant Marc Antoine Songo. Le « squelette » qualifiait le commandant Henri Donatien et sa longue silhouette filiforme.

Dugain ricana brièvement.

— Le type qui a appelé se nomme Dumitru Bucatar. Avec un nom pareil, on se doute qu'il est pas clair… Et comme par hasard, il vit dans le camp qui devait être évacué ce matin. « Comme par hasard », répéta-t-il en appuyant sur chaque mot. Je me comprends…

Ils marchaient côte à côte. Ils contournèrent un amas de déchets et de gravats puis à deux mètres derrière, elle découvrit le périmètre sécurisé par l'habituelle bande de couleur rouge et blanche. Elle enjamba le ruban marqué « Police technique et scientifique. Zone interdite ». Elle avait garé sa voiture derrière le camion-laboratoire de la PTS et savait qu'Antoine Bourroux, le directeur, ainsi que ses techniciens étaient déjà à pied d'œuvre. Elle ne l'apercevait pas, mais l'entendait vitupérer.

— Bourroux est furieux, confirma Dugain. Il prétend que la scène de crime a été saccagée par mes hommes. C'est faux. Quand on est arrivés, c'était déjà le bordel ! Tout le monde a défilé ici… ! Un terrain vague avec un camp de Roms à côté, tu penses ! Je te fais pas un dessin, faut qu'y salopent tout, c'est plus fort qu'eux ! Y sont sales, c'est dans leur nature !

Elle ne prêta aucune attention à ces nouvelles remarques. Dugain était également connu pour ses prises de position systématiquement racistes, et pour sa grossièreté. Elle ne le jugeait pas… ou plus. Elle n'avait pas le temps. Peut-être aussi qu'il en avait trop vu ou qu'il était trop aigri. Le quotidien d'un commissariat de banlieue n'avait rien en commun avec celui du cinquième arrondissement de Paris où René exerçait ses fonctions.

— Montansier t'a expliqué de quoi il s'agit ? enchaîna-t-il. La fille a été étripée. C'est pas beau à voir.

Elle lui jeta un coup d'œil en biais. Dugain n'était pas quelqu'un de foncièrement sympathique, mais son délire restait verbal ; et surtout, c'était un flic pro, un dur à cuire. Dans sa bouche, l'expression « C'est pas beau à voir » ne présageait décidément rien de bon.

— Côté caméras, on aura quelque chose ? questionna-t-elle.

— Quelles caméras ? !

Dugain éclata d'un rire grinçant, désagréable.

— Le seul coin où y avait des caméras, c'était dans la zone pavillonnaire pour la sécurité des résidents. Pour les autres, c'est pas la peine de dépenser l'argent du contribuable (il désigna avec mépris les abords du camp). Y a belle lurette qu'y a plus une seule caméra en état de marche dans le secteur ! Leurs gamins les dézinguent à coups de caillasse ! C'est leur jeu préféré, à ces petites frappes ! Ils ont que ça à foutre, voler et saccager le bien public.

Un corps trapu, courbé en deux, était penché vers la terre.

— Bonjour Batma. Comment ça se présente ?

Larbi Batma, le médecin légiste, aux cheveux frisés et grisonnants, lui adressa un sourire chaleureux.

— Bonjour Tréguière, content de te revoir. Sinon pour répondre à ta question, ça se présente moyen. Je dirais que la mort remonte à 48 heures environ. Difficile d'être plus précis parce que les viscères étant absents, je ne pourrai pas les analyser ni te fournir l'heure et la date exactes du décès. Toujours est-il qu'elle a été éventrée, et que pour couronner le tout, elle n'a plus rien dans le bide ; et a priori, elle n'a plus grand-chose dans le thorax non plus. Note que tout ça, je n'en suis pas certain à cent pour cent. On ne le saura vraiment qu'au moment de l'autopsie. Celui qui a fait cette saloperie est du genre méticuleux, car a priori il a tout nettoyé là-dedans. Plus d'intestins et plus de sang, pas une goutte on dirait ! Mais là encore, j'en saurai plus tout à l'heure. Regarde-moi ce travail… Je ne serais pas étonné qu'il ait tout nettoyé à l'eau de Javel, tellement c'est nickel !

Il se poussa sur le côté et souleva un pan du ventre, montrant un intérieur exsangue. Elle vit le corps entièrement nu, allongé sur la terre, les longs cheveux bouclés étalés telle une auréole autour du visage. La mort n'avait pas encore eu le temps d'opérer son œuvre de destruction. La peau d'un blanc d'albâtre se détachait sur la boue incrustée de détritus.

— Pour un maniaque de la propreté, jeter sa victime sur une décharge, ça manque de cohérence, dit-elle simplement.

— C'était une belle femme, jeune, la trentaine environ, reprit Batma en suivant son regard.

— Quel gâchis ! Pour moi, c'était un mannequin, carrément une bombasse ! Vous avez vu la taille des nibards… ! Énooormes ! Une poupée Barbaise, la meuf ! lâcha Rodriguez.

Alfredo Rodriguez, le photographe de l'Identité judiciaire, faisait partie de l'équipe de Bourroux depuis plus de dix ans maintenant. Si son travail était irréprochable, sa façon de s'exprimer était d'une constante vulgarité. Ce qui laissait généralement de marbre, la commissaire divisionnaire qui en avait entendu bien d'autres.

Le rire grinçant de Dugain se fit entendre en écho.

— Ah ouais, bien vu la poupée Barbaise, mon Fredo ! Ah ouais ! Heureusement que t'es là pour nous faire marrer, mon Fredo ! T'es un bon, toi, mon pote ! ponctua-t-il d'une tape sonore sur l'épaule.

— Merci, Doug, répondit le photographe d'un air satisfait. Par contre, la gueule et la foune, pas terribles, ajouta-t-il en fixant tour à tour le visage puis le pubis du cadavre. Remarque, on s'en bat les couilles qu'une bonne femme ait une sale tronche ou une chatte rasée comme un chauve ; ce qui compte, c'est les seins et le cul, non ? Moi je préfère les meufs qu'ont des poils. Et toi, mon Doug ?

— Moi, tu me connais. J'aime que les velues du cul !

— Écoutez, les duettistes, on s'en contrefout de vos préférences, trancha sèchement Tréguière. Rodriguez, soyez gentil, contentez-vous de prendre vos photos pour une fois.

Il obtempéra aussitôt. La patronne de la CISAC avait enfilé des gants pour examiner de plus près les ongles et les paumes de mains, intactes.

— Elle ne s'est pas défendue, on dirait, dit-elle en s'adressant à Batma.

— À mon avis, elle ne pouvait pas. Regarde. Il y a des traces, là et là…

Larbi Batma montrait des marques noirâtres au niveau des chevilles, des poignets, et sur le haut du torse.

— À mon avis, elle a été ligotée comme un saucisson, totalement immobilisée. Elle a reçu un coup sur le crâne, là, en haut à gauche. À première vue, avec un instrument contondant, mais lequel ? Regarde… Le crâne semble enfoncé de façon franche, et là, les cheveux sont collés par du sang. Soit dit en passant, c'était une fausse blonde. On voit bien les racines brunes.

— C'est toi qui parles de saucisson ? ! Je croyais que tu mangeais pas de porc, Batman !

— Tiens voilà le ninja qui rapplique, s'amusa le légiste. Il va nous faire part de ses multiples découvertes !

Larbi Batma et Henri Donatien se connaissaient de longue date, et s'appréciaient mutuellement.

Tréguière releva la tête.

— Qu'est-ce que t'as trouvé ?

— Ça… C'était près du corps.

Donatien tenait un sac plastique entre son pouce et son index, recouverts d'un gant. Le sac transparent laissait voir une ficelle avec trois minuscules perles enfilées dessus.

— C'est quoi ?

— Je sais pas. C'est un fil ordinaire, je dirais. Un fil sur lequel on a accroché une perle puis une autre, un peu comme pour un collier. J'ai regardé si j'en voyais pas d'autres, mais non, j'ai trouvé que ce bout de ficelle près du ventre, près de la plaie ouverte. C'est ça qui m'intrigue. Cela dit, l'état du terrain n'est pas favorable.

— Bon, c'est un début, nota-t-elle impassible. Continue de chercher.

Tréguière savait qu'avec Donatien, le moindre objet ou le plus petit bout de ficelle recueilli s'était déjà révélé primordial dans l'aboutissement d'une enquête.

— J'y retourne ! Je vais vous trouver quelque chose, patronne !

— Je sais, dit-elle.

Elle le suivit du regard un bref instant. La longue silhouette du commandant Henri Donatien s'éloignait à grands pas énergiques.

Tréguière, toujours à genoux, fixait à présent la plaie béante sur le flanc du cadavre. La voix de fausset de Dugain se fit entendre :

— C'est bizarre, ça. Pourquoi il l'a pas ouverte directement sur le bide ? Pourquoi sur le côté ? Moi si je voulais vider quelqu'un, je ferais une grande entaille au niveau du nombril, et je te sortirais toute la tripaille par-là, bien en face par le devant.

Rodriguez approuva d'un mouvement du menton.

— T'as raison Doug, c'est bizarre. Moi c'est pareil. Quand je vide un poulet, ben je fais comme tu dis. Je l'ouvre bien en face avec un couteau bien affûté, je te fourre la main là-dedans, et je te retire tout d'un bloc. Tout sort comme une merde !

Dugain regarda Rodriguez d'un air approbateur, et stimulé, celui-ci poursuivit :

— Puis comme la merde faut la laver, je te lui file un bon coup de jet sous le robinet. À propos de merde, c'est quoi cette odeur… ? Ça pue, putain !

— Le camp a pas de toilettes, alors les Roms viennent pisser et chier sur le terrain vague. Là on est dans leurs chiottes… ! Et elle aussi, compléta Dugain en désignant l'inconnue allongée dans la boue.

— Finir dans des chiottes, merde ! Je voudrais pas que ça m'arrive ! dit Rodriguez l'air sincèrement attristé.

Puis il hocha la tête en ajoutant :

— Non, mais c'est vrai, Doug a raison. Pourquoi il s'est compliqué la vie en la taillant sur le côté ?

— J'espère juste qu'il l'a pas taillée à vif, dit Dugain.

Sur ce, ils hochèrent tous les deux la tête en même temps.

C'est drôle comme certaines personnes sont faites pour s'entendre, songea machinalement la commissaire divisionnaire. Dugain et Rodriguez s'entendaient comme larrons en foire. Ils avaient la même tournure d'esprit, les mêmes attitudes et la même façon de s'exprimer. Ils n'avaient de respect ni pour les vivants ni pour les morts. Ils employaient très souvent les mêmes expressions, les mêmes mots vulgaires. Mais en l'occurrence, leurs réflexions n'étaient pas si bêtes.

— C'est étrange, non, cette entaille sur le côté ? insista Dugain qui avait noté son air songeur.

Il la fixait, cherchant une réponse qu'elle n'avait pas.

— Oui, comme tu dis, c'est étrange, confirma-t-elle.

Elle s'était relevée pour laisser Rodriguez faire des gros plans du visage. Les traits, figés dans la mort, portaient encore le masque de la peur.

Batma montra du doigt les pupilles démesurément agrandies.

— Je ne sais pas ce qu'elle a vu, mais ça ne devait pas être très joyeux.

Le légiste soulevait les chairs, dubitatif.

— Je dirais qu'il s'est servi d'un couteau bien effilé. Les bords de la plaie ressemblent effectivement à une découpe au couteau. Là encore, j'en saurai plus tout à l'heure.

— Je veux que tu me transmettes les premiers éléments, avant même la fin de l'autopsie. Comme je le disais à Becquard, j'ai l'impression qu'on va patauger en plein bourbier dans cette affaire. Traîne pas parce que j'avoue que là…

Au lieu de terminer sa phrase, elle haussa légèrement les épaules. Avant de partir de son domicile, elle avait tout de suite téléphoné au substitut du procureur, Damien Becquard – qui lui avait donné son feu vert. Il avait été nommé récemment auprès du procureur, Jules Écouves, un ami de longue date. Avec Becquard, les rapports – sans être très proches – étaient excellents au niveau professionnel. Le rôle positif joué par la CISAC, dans plusieurs affaires délicates, était apprécié par le Parquet.

Les officiers de la PTS rangeaient leur matériel ; un technicien achevait de prélever des échantillons sur le corps sans vie.

— T'as fini, Batman, on peut l'embarquer dans le frigo ?

Antoine Bourroux désignait le cadavre.

— Oui. C'est bon pour moi. Elle est à vous, les gars !

— Salut Tréguière, en forme ? dit Bourroux en se tournant vers la commissaire. Nous, on y a. On a tout ce qu'il nous faut. Enfin, du moins tout ce qu'on a pu recueillir dans ce foutoir. Je pense pas qu'on va faire des étincelles, mais sait-on jamais. Salut Tréguière, et bon courage !

Le responsable de la Police scientifique lui serra vigoureusement la main en se dirigeant vers le camion-laboratoire. Avec lui, ça ne traînait pas. C'est ce qu'elle appréciait : il allait toujours à l'essentiel, et il pilotait ses gars pour que tout soit effectué avec précision, mais rapidement. Les éléments recueillis devant être analysés parfois très vite pour fournir des pistes fraîches, elle savait qu'elle pouvait compter cette fois encore sur Bourroux et son équipe de techniciens.

Le corps sans vie fut placé dans un sarcophage en plastique blanc, et transporté vers un autre camion qui attendait au bout du terrain. Ce véhicule frigorifique, sans aucun signe extérieur qui aurait pu trahir sa fonction, était connu des policiers sous le diminutif de « frigo ».

— J'y vais aussi. Je lance l'autopsie en arrivant.

Elle fut sur le point d'ajouter quelque chose, mais Batma lui coupa l'herbe sous le pied en déclarant :

— Oui, je sais. J'ai saisi. Priorité absolue. Je t'appelle dès que j'aurai du frais ! Bon courage !

Ça commençait à faire beaucoup de « bon courage » en peu de temps, et Tréguière esquissa un petit sourire.

La silhouette du commandant Donatien revenait à grandes enjambées vers le petit groupe qui commençait à se disperser. Il se dandinait sur un long torse sec et des jambes presque maigres. La paire de jeans en toile bleue, épaisse, qu'il portait hiver comme été semblait flotter autour de son squelette. Dans son visage aux joues creuses, ses yeux noisette brillaient sans cesse d'une vive lueur d'intelligence pailletée d'un amusement perpétuel. Il s'arrêta à hauteur de Maillard – un des techniciens de la PTS – afin de lui remettre le sac en plastique contenant les perles enfilées. Maillard bougonna une phrase inaudible et griffonna des références sur le sachet.

— Bon alors, à part les perles, t'as repéré quoi ?

La commissaire scrutait son adjoint. Elle attendait des résultats. Au fil des ans, la technique de procédurier de Donatien s'était affinée. Son œil de lynx partait du cadavre puis décrivait des cercles de plus en plus larges – en repérant de façon quasi infaillible – le moindre indice, la moindre trace.

Il se dandina d'un pied sur l'autre.

— J'ai pas pu faire comme je voulais, patronne. Bourroux avait raison, la scène de crime a été saccagée. Trop de gens sont venus. Avec la pluie, le terrain c'est qu'une boue ; et avec la Marne qui monte de plus en plus, ça risque de pas s'arranger. Il y a des traces de pneus que la PTS a moulées, mais pour moi, ça donnera rien.

— Pourquoi tu dis ça ? Toi, tu penses qu'elle a été amenée ici en bagnole ? Il l'aurait jetée ici comme un vulgaire déchet…

Elle parlait à son bras droit, et elle réfléchissait en même temps.

— Je sais pas. C'est vrai qu'ici c'est la zone, ça présente tous les avantages d'une décharge sauvage. Mais pourquoi ici plutôt qu'ailleurs ?

Ils regardèrent les immondices accumulées autour d'eux puis Donatien reprit :

— J'ai l'impression que n'importe qui est venu faire un tour pour voir le cadavre. Si ça se trouve, tous les gitans qui rôdent dans le coin l'ont vu !

— Dugain t'a contaminé, c'est ça ?

Le petit sourire avait refait surface. À la CISAC, tous connaissaient le petit sourire en coin de la patronne : il en disait souvent plus long que bien des discours.

— Je sais pas pourquoi je raconte des conneries, bougonna Donatien. Je ne suis absolument pas satisfait, ça doit être ça le problème. À part les putains de perles, cette fois, j'ai rien, patronne. Absolument rien ! C'est la première fois que ça m'arrive. C'est la merde !

Elle le fixait afin d'évaluer la situation. Quand le ninja était fortement contrarié, ses lèvres déjà minces devenaient un simple pli, tant il les serrait.

— Bon, tu as raison. C'est la merde ! Il a forcément déposé le corps en bagnole, mais t'as raison, on ne trouvera pas de traces de pneus donc on ne pourra pas identifier le véhicule.

Notre seule chance, c'est que le mec qui a trouvé le corps ait vu quelque chose.

— Lui ou les voisins, ajouta Donatien, pensif.

— Il est où ? demanda-t-elle abruptement.

— Il est dans le camp, avec Kong et Marcus. D'après eux, il cache quelque chose… Ils ont fouillé sa cabane, mais rien à signaler, du moins pour le moment. Je vais aussi y faire un tour. J'ai pas dit mon dernier mot, patronne. Si y a un truc de planqué, je le trouverai.

— Allons-y, coupa-t-elle.

Ils tournèrent la tête dans la direction d'où provenait soudain une cacophonie. Un cortège s'ébranlait ; le SAMU quittait les lieux, suivi des cars de CRS, de la pelleteuse et du camion-labo. On distinguait au loin, derrière un panache de fumée blanche, une zone pavillonnaire comme il en existe un peu partout. Des maisons avec un bout de jardin, toutes identiques, toutes alignées.

Dugain les rejoignit.

— Les manifestants sont partis. Tout le monde plie bagage. Y a eu un peu de casse, d'après ce que j'ai cru comprendre. On évacuera cette merde, un autre jour ! Depuis le temps que ça dure, on est plus à un jour près, ricana-t-il. J'ai plus rien à foutre ici puisque tu es chargée de l'affaire. La CISAC va encore nous éblouir par ses prouesses, grinça-t-il. Quand on a les moyens, ça change tout, n'est-ce pas !

— Écoute Yves, c'est bon, on a compris. Nous aussi on va faire ce qu'on peut et puis c'est tout.

Elle l'avait appelé par son prénom : le visage du commissaire Dugain se figea.

En un dixième de seconde, Nathalie Tréguière le vit mort, allongé dans un cercueil. C'est une chose qui lui arrivait de temps à autre, à l'improviste. Elle pouvait regarder une personne en vie, les yeux dans les yeux, et tout à coup, la voir telle qu'elle serait à l'état de cadavre.

— Merci de ne plus m'appeler Yves. Appelle-moi Dugain ou commissaire Dugain, fit-il sur un ton acerbe qui eut pour effet de la ramener à la réalité.

— Pourquoi ? Qu'est-ce qui te prend ?

— Il me prend que ça me déplaît. Je ne veux plus que tu m'appelles par mon prénom, c'est clair ?

— Très clair. Pas de problème. S'il n'y a que ça pour te faire plaisir.

Il était livide.

— T'es sûr que ça va ?

— Qu'est-ce que ça peut te foutre, comment je vais !

Il y eut un bref silence qu'elle rompit la première :

— Laisse-moi tes hommes, d'accord. Je vais en avoir besoin.

— Bon courage, fit-il en lui tournant brusquement le dos.

Le camp était en pleine effervescence. La rumeur selon laquelle l'évacuation avait été annulée s'était répandue comme une traînée de poudre. En voyant les cars de CRS et la pelleteuse rebrousser chemin, les manifestants du *Collectif Romani* avaient poussé des clameurs victorieuses qui avaient confirmé la bonne nouvelle auprès des habitants du camp. Les uns étaient occupés à défaire le chargement de leur voiture, les autres à réintégrer des cabanes en tôle d'où émergeaient des tuyaux bricolés de bric et de broc pour évacuer en hiver les fumées de chauffage. Certains marchaient avec des sacs plastiques dans chaque main. Une nuée de gamins gambadait autour des rares caravanes encore rassemblées à la limite du terrain vague. Un tas de détritus finissait de se consumer dans un coin. Une odeur âcre, doucereuse, flottait dans l'air. Une montagne de déchets n'en finissait plus de s'écrouler au bout d'une allée bordée par ces habitats de fortune.

— C'est pas un camp, c'est un putain de bidonville, dit Donatien. Marchand a tapé dans le mille avec ses photos. Pour une fois, il avait pas trop exagéré, c'est bien la merde qu'il a photographiée ! Sauf que j'ai pas encore vu de rats dans le coin, sauf lui !

C'était une boutade et Tréguière, amusée, sourit brièvement. Henri Donatien enfonça le pied dans une ornière gorgée d'eau putride.

— Putain de merde ! lâcha-t-il en dégageant difficilement sa botte.

Tréguière marchait en silence. Elle avait relevé la capuche de son K-way et se dirigeait vers une bicoque d'aspect aussi misérable que les autres. Une plaque composée de bois et de ferrailles servait de porte ; elle était ouverte. La commissaire entra la première.

Ses deux équipiers se trouvaient à l'intérieur. Au premier regard, elle nota la propreté du lieu, mais aussi la pauvreté qui sautait aux yeux, sans fard. Dans la pièce exiguë dépourvue de fenêtres, le toit était constitué d'un enchevêtrement de tôles ; la hauteur de plafond était si faible que le commandant Marc Antoine Songo était contraint de courber l'échine. Son prénom, Marc Antoine, était une référence à Marcus Antonius, un général romain à qui ses parents vouaient une admiration sans bornes, jamais clairement expliquée. « Marcus », comme on le nommait familièrement, était né au Mali et avait grandi en France. Il possédait la double nationalité. Malgré son physique de colosse : son sourire facile, naturel, attirait les confidences. Il avait un don pour « sentir » les gens, et il avait d'ailleurs suivi une formation de *profiler* aux États-Unis. Rien de ce qui était humain ne lui était étranger.

Près de lui, le lieutenant Qong Cheng, avec ses un mètre soixante faisait figure de naine. Ses cheveux teints en blond, raides, étaient ramassés en queue-de-cheval. Une frange rectiligne barrait son front au ras des sourcils. Championne de boxe thaï « catégorie poids plume », d'une rapidité foudroyante à la course ; ses collègues la surnommaient « King Kong » ou plus simplement « Kong », une référence au film où l'on voit King Kong escalader l'Empire State Building. Il faut dire qu'elle était née à Paris, dans le treizième : elle y avait grandi au quinzième étage d'une tour dont l'ascenseur tombait régulièrement en panne. Elle était capable d'avaler plus de mille cinq cents marches en cinq minutes ; et d'arriver en haut du bâtiment sans être essoufflée, fraîche comme une fleur dans la rosée du petit matin.

À l'entrée de la commissaire, le silence s'était fait dans la cahute. Un homme de petite taille, au visage brun et parcheminé, était assis sur un tabouret dont l'un des pieds avait été remplacé par un tuyau en métal trop court. La commissaire estima son âge autour de trente ans, mais il en faisait au moins vingt de plus. Dans un angle, un gros bidon d'eau calé dans une poussette, avec une bassine en dessous, faisait office de distributeur d'eau courante. La statue d'une vierge en plâtre, ébréchée, trônait sur un unique meuble miteux. Le regard de la commissaire s'y attarda. Les mains tendues auxquelles il manquait trois doigts retenaient un morceau de chapelet aux grains blanc et rose nacré. Une femme se tenait debout près d'un poêle éteint, fait maison : un baril en ferraille où l'on apercevait des cendres mêlées à du charbon de bois. Un garçonnet – dans les cinq ans – était fourré dans les plis de sa longue jupe aux couleurs délavées tandis qu'un autre, un peu plus âgé, restait à l'écart ; la commissaire nota que son visage fermé à double tour avait perdu les traits de l'enfance. La femme tenait un bébé dans ses bras. Près d'elle, une jeune fille d'environ dix-huit ans, coiffée d'un foulard bigarré, dardait ses yeux noirs sur les deux officiers.

— Vous recrutez des Chinetoques et des nègres maintenant chez les flics ! lança-t-elle avec hargne en regardant la commissaire restée dans l'embrasure de la porte. Au lieu de faire chier mon père, occupez-vous des connards qui sont dehors ! Mais non, vous préférez nous emmerder, nous, les Roms ! Les Roms, c'est tous des voleurs, des bouffeurs de chats et de héris…

Elle n'eut pas le temps de finir sa phrase, car son père qui s'était levé lui décocha tranquillement une torgnole à toute volée.

— Tais-toi fainéante ! Laisse les inspecteurs faire leur travail. Ils sont payés pour punir le crime. Excusez-la, s'il vous plaît. Elle n'est pas allée souvent à l'école. Personne ne veut de nos enfants dans les écoles, alors elle n'a pas eu autant d'instruction que j'aurais voulu. Elle ne sait pas faire la différence entre un CRS et un officier de police judiciaire.

— Mais vous, vous savez, on dirait, remarqua la commissaire… C'est lui, je suppose ?

— Oui, c'est lui. Dumitru Butacar, né en Roumanie, à Bucarest, répondit Kong.

Sa voix chantante, due à un léger accent, s'accordait avec sa silhouette mince. Quand Tréguière l'avait recrutée, elle avait été surprise par son look, volontairement exagéré, de jolie petite poupée chinoise au teint de porcelaine et aux joues à peine teintées d'un éclat de rose. Les apparences sont souvent trompeuses ; et le lieutenant, malgré sa jeunesse (elle venait d'avoir vingt-neuf ans) s'était bien sûr révélé être un officier implacable, plus indulgente avec les machines informatiques qu'envers les êtres humains.

— Voilà leurs papiers, dit-elle en les tendant à la patronne. À première vue, il est en règle, et toute sa famille aussi. Mais je vérifierai à la *maison*.

La *maison* était le siège de la CISAC où le lieutenant Cheng gérait toute l'informatique. Ses compétences exceptionnelles – qui allaient de la gestion du matériel à la manipulation des logiciels d'enquête criminelle et des fichiers de renseignements – faisaient partie des atouts maîtres de la Cellule d'Intervention.

Tréguière jeta un bref coup d'œil au document officiel confirmant que Dumitru Butacar était un membre de l'Union européenne, et donc libre d'y circuler et travailler à sa guise.

— Marcus, fais-moi un résumé vite fait.

— Dumitru Butacar a téléphoné depuis son portable au commissariat de Gentilly à 6 heures. Il était allé faire un tour sur le terrain vague pour « soulager sa vessie », selon ses propres mots. C'est alors qu'il a aperçu une forme qui dépassait de derrière un tas de gravats. En s'approchant, il a vu que c'était le cadavre d'une femme et il a appelé la police.

— Comment saviez-vous que c'était un cadavre ? Elle aurait pu être seulement blessée, et vous auriez pu appeler les secours ?

Tréguière fixait l'homme, nullement troublé par son regard perçant.

— Madame la juge, je sais reconnaître un cadavre quand j'en vois un, ironisa-t-il. Je suis un Roumain, mais je ne suis pas un imbécile. Vous connaissez beaucoup de femmes qui sont capables de vivre avec le ventre vidé ?

— Je ne suis pas juge, et vous le savez très bien. Je suis la commissaire divisionnaire Nathalie Tréguière. Alors, arrêtez de nous servir votre couplet sur le pauvre roumain innocent. Comment saviez-vous qu'elle avait « le ventre vidé », comme vous dites ?

— Pardon, madame la commissaire divisionnaire. Je me suis baissé et je l'ai bien regardée avant d'appeler la police. Elle était belle, et celui qui a fait ça, c'est le diable !

— Tu crois au diable ? demanda Kong en prenant le relais.

— Oui. Je crois en Dieu donc je crois au diable. Le diable me fait peur. Il se déguise pour nous attirer. Celui qui a fait ça attire les humains dans son enfer pour les plonger dans la souffrance et le désarroi.

— Moi aussi je crois aux mauvais esprits, dit Marcus d'une voix bienveillante. Et quand je les vois, je les reconnais toujours, même sous un déguisement.

Kong intervint, plissant encore davantage ses yeux. Quand le lieutenant plissait ses yeux déjà légèrement bridés, ceux qu'elle regardait se sentaient généralement mal à l'aise. Les yeux de Kong, de couleur vert d'eau, étaient piqués de taches jaunes. Ils faisaient penser aux yeux des chats. Sa voix quasi enfantine accentuait l'impression de malaise.

— Alors comme ça, tu t'es baissé. Tu l'as bien regardée, et tu as vu qu'elle était belle… Tu serais pas un peu pervers ? Tu as bien vu qu'elle était raide morte. C'est pas quelque chose qui te gêne ou qui te fait peur ? Toi, tu regardes les morts… et si c'est une morte, tu la trouves à ton goût et tu fouilles son ventre. Comment tu expliques ça, toi qui as peur du diable… ? Ou alors c'est toi, le diable ?

Kong scrutait le suspect qui était devenu très pâle.

— Je me suis mal exprimé, rectifia-t-il. J'ai regardé le corps et j'ai vu que le ventre était plat, comme enfoncé dans le corps. Je me suis dit qu'il avait été vidé. Ce n'est pas moi le diable, ajouta-t-il précipitamment en se signant. Je sais qui est le diable, je l'ai vu.

Tréguière se pencha ; ses yeux plongèrent dans ceux de Butacar.

— Vous avez vu le diable… ? Et vous l'avez vu quand ?

— Je l'ai vu ce matin.

Toute l'équipe de la CISAC se raidit, comme si chaque officier ne formait plus qu'un seul corps.

Dumitru Butacar s'était redressé. Son regard soutenait maintenant celui de la commissaire.

— Vous pouvez nous le décrire, lui demanda-t-elle posément.

— Oui. Le diable, il était…

— C'est toi salopard qui l'a tuée ! Tu croyais nous échapper, ordure ! On t'a vu, toi et ta femme !

Un homme avait surgi, bousculant Tréguière dans l'embrasure de la cabane. Une pancarte sale, boueuse, pendait au bout de son bras. D'autres personnes se tenaient derrière lui, vociférant des injures.

— C'est qui celui-là ? C'est quoi ce bordel ? Où sont les hommes de Dugain ? Ils devaient garder l'entrée du camp !

Tréguière désignait le groupe massé derrière elle.

Le nouveau venu, qui avait jeté sa pancarte, sauta soudain à la gorge de Dumitru Butacar en la serrant de toutes ses forces. Kong le ceintura, rapide comme l'éclair, tandis qu'il hurlait :

— Salaud ! Assassin ! Je le reconnais, je vous dis ! C'est lui qui l'a tuée ! C'est lui qui l'a éventrée !

Chapitre III

— Il l'a éventrée pour la bouffer ! Y font ça tout le temps, ces fumiers ! Y tuent tous les chats du quartier ! Y en a plus un seul dans le coin ! Vous pouvez demander à tout le monde, y vous diront tous la même chose. Les gens enferment leurs chats sinon ils les retrouvent jamais ! Moi j'ai eu de la chance, si on peut dire ça comme ça. J'ai retrouvé Michette sur un tas d'ordures ! Elle avait plus de tripes ! Pauvre bête, elle y voyait que d'un œil, mais elle avait une fourrure si douce.

L'homme ne se débattait plus et Kong relâcha son étreinte. Il pleurait. Derrière lui, le groupe de manifestants s'était tu ; comme s'ils participaient tous au deuil.

— Si je comprends bien, on a tué votre chat et vous accusez cet homme ? demanda Tréguière, impassible.

— Oui. C'est lui et sa femme, j'en suis sûr. Je les ai vus tôt ce matin sur le terrain. Ils étaient baissés et ils farfouillaient je ne sais quoi. Je les surveille depuis quelques jours. J'ai acheté des jumelles et je vois tout ce qui se passe par ici !

Il eut un hoquet. La morve lui coulait du nez d'où dépassaient quelques poils.

— Et à part ces deux personnes, vous n'avez vu personne d'autre avec vos jumelles ?

— Non. C'est pas de la bonne qualité, ce made in China. Pourquoi vous me demandez ça ?

— Parce qu'on a retrouvé le cadavre d'une femme sur le terrain vague. Vous dites que vous surveillez le terrain depuis quelques jours, donc vous avez dû voir quelqu'un d'autre ?

— C'est eux qui l'ont tuée ! C'est des voleurs et des assassins, je le savais depuis le début ! Y tuent des chats pour se faire la main ! éructa-t-il. Ils ont ça dans le sang !

— Calme-toi ou on t'embarque, lui ordonna Marcus.

Le commandant Songo avait une voix grave, forte qui en imposait, et le silence se fit immédiatement. L'homme se mit à fixer ses pieds en reniflant bruyamment. Une rumeur parcourut le petit groupe resté devant la porte.

Tréguière haussa les épaules.

— Bon… Donat tu restes sur place. Tu interroges l'ami des chats et les voisins. Tu me retournes tout le terrain, tas d'ordures et gravats y compris, d'accord ? Quand t'as fini, tu fais ton tour dans les bicoques.

— J'ai rien fouillé, madame la juge ! intervint la femme en serrant contre ses jupes le garçonnet qui s'y tenait en sécurité. Je suis allée voir le corps ce matin parce que Dumitru m'en avait parlé, mais j'ai rien fouillé. Je le jure sur votre tête !

— Laissez ma tête tranquille. Bon, Donatien, on fait comme ça, d'accord. Je t'envoie du renfort dès qu'on sera rentrés.

— Au moins vingt gars, hein patronne ?

— Prends déjà ceux de Dugain, et je t'en envoie dix de plus. Ça devrait suffire. Tu nous rejoins dès que vous aurez terminé.

— Ça va prendre un peu de temps tout de même. Si on pouvait avoir des gants et des bottes en caoutchouc, ça serait bien. Les odeurs, ça m'est égal, mais le reste…

— T'as peur de choper le sida ? T'as raison, remarque, là-dedans ça doit être bourré de piquouses, dit Kong avec un air narquois.

L'humour du lieutenant rencontra un silence indifférent. Ses équipiers, habitués à ses sarcasmes, ne réagissaient pas toujours.

— D'accord, enchaîna Tréguière. Je t'envoie du matos de protection, mais tâche d'être à la *maison* pour 15 heures. On fera un premier point.

La pluie qui s'était contenue jusqu'à présent décida tout à coup de se déverser en trombes. Les gouttes frappaient violemment la tôle de la cabane produisant un bruit assourdissant.

— J'ajouterai des cirés, Donat ! cria Marcus vers la haute silhouette flottante qui s'éloignait sous le déluge.

Puis il fit un signe de dispersion vers la troupe agglutinée devant la cabane.

— Rentrez chez vous et attendez gentiment la visite de mes collègues. Vous serez tous interrogés, alors pas de panique ni de raffut.

— On n'a rien à se reprocher ! protestèrent-ils en chœur.

— C'est une enquête de voisinage. Une simple enquête de routine.

Ils s'éloignèrent à leur tour. Dans la cabane, le plus âgé des deux garçons avait saisi une bassine en plastique qu'il mit sous un filet d'eau qui coulait du toit avant de regagner sa place.

— C'est bien, Adrian, dit son père. On est en état d'arrestation, madame la commissaire ?

— Non. Nous allons vous interroger un par un, vous et votre femme. Vous pouvez refuser, mais dans ce cas, vous serez convoqués. Je vous conseille de coopérer, c'est toujours mieux.

— Nous allons vous répondre. Nous non plus, nous n'avons rien à nous reprocher. Ma famille est honnête. Nous ne sommes ni des voleurs ni des assassins.

— Ils ont rien fait mes parents, bande de salopards ! Pourquoi vous les interrogez ? ! C'est toujours la même chose ! Eux, vous les interrogez un par un, et les autres connards rentrent chez eux avec leurs pancartes de merde !

Le cadet s'était réfugié dans la jupe de sa grande sœur qui, relayant sa mère, avait pris le bébé dans ses bras. Il se mit à pleurer, hoquetant et essuyant ses joues où les larmes sinuaient en longues traînées.

— Pleure pas, Victor, lui dit sa sœur.

Ses yeux noirs luisaient de colère ; d'un geste autoritaire de la main, son père lui fit signe de se taire.

— Je te conseille de la fermer, lui intima Kong, sinon je t'inculpe pour outrage à agent. Tu profères encore une insulte et je te boucle ! Tes parents sont interrogés comme suspects dans une affaire de meurtre. Tout le monde sera interrogé sans aucune exception, toi y compris.

— Va chez ta tante avec tes frères, lui ordonna son père. Si la police a besoin de toi, ils te le diront. Pardonnez-la, madame la commissaire, ajouta-t-il en se tournant vers Tréguière. C'est un esprit rebelle. Elle est jeune. Elle ne pense pas réellement ce qu'elle dit.

La jeune fille sortit, lançant au passage un regard de défi aux trois officiers présents.

— Sa tante habite dans le camp ? questionna Marcus.

— Elle vit dans la caravane à côté de notre maison. Si on peut appeler ça une « maison », dit-il en désignant la cahute. On essaye de faire au mieux. C'est difficile. Vous ne me croirez pas, mais il y a six mois, il n'y avait pas d'ordures dans le camp. Nous ne sommes pas des gens sales ! Des personnes malfaisantes viennent jeter leurs déchets chez nous, volontairement.

Dumitru Butacar se redressa à nouveau sur son siège. Bien qu'il soit assis et pauvrement vêtu, Tréguière nota qu'il dégageait une certaine prestance.

— Parlez-moi du diable que vous avez vu ce matin. C'est bien ce que vous nous avez dit à l'instant. Vous l'avez vraiment vu, le diable ? Il était comment ?

— Oui, je l'ai vu comme je vous vois, confirma-t-il, son regard planté dans celui de la commissaire. Le diable, il était là ce matin, caché derrière le visage de tous ces gens qui s'étaient rassemblés pour nous crier leur haine. Tous ces gens sont le diable ! Ils incarnent le mal. Ils nous veulent du mal, à nous et à nos enfants. Ils veulent nous tuer ! Ils sont prêts à…

— C'est bon, fit-elle en l'arrêtant d'un geste de la main. Mais dites-moi, vous parlez correctement notre langue. Où avez-vous appris le français ?

— Dans un camp à Bucarest quand j'étais enfant. Une vieille dame, une Française, nous apportait de la nourriture et nous donnait des cours. C'était une ancienne institutrice. Une femme d'une grande bonté, une sainte. Tous les humains ne sont pas destinés à faire le mal, Dieu soit loué.

— Stop ! Arrête avec tes salades sur le Bien et le Mal, le coupa Kong. Tu me fatigues. Tu sais ce que je crois ? Moi, je crois que c'est toi qui l'as tuée. C'est toi qui as fait toute cette mise en scène parce que tu es un malin. Tu veux égarer les soupçons.

L'homme assis sur le tabouret se tassa comme sous l'effet d'un coup, épaules tombantes.

— Non, c'est pas moi.

— Par contre, c'est bien vous qui avez découvert le corps ce matin vers 6 heures sur le terrain vague à côté du camp ? Vous avez dit au commandant Marc Antoine Songo que vous étiez allé « soulager votre vessie », c'est bien les termes que vous avez employés ?

— Oui, madame la commissaire. Comme vous avez pu le constater, le terrain à côté nous sert hélas de toilettes. La municipalité a refusé de nous en installer. Ils pensaient sans doute qu'en procédant ainsi, nous partirions plus vite, de nous-mêmes. Donc oui, je suis allé pisser dehors. Et c'est là que j'ai découvert le corps de cette femme. Je me suis penché et j'ai vu qu'elle avait été éventrée. Je suis rentré chez moi et j'ai appelé la police depuis mon portable. J'avais caché mon numéro, car je ne voulais pas avoir d'ennuis. J'avais oublié qu'on ne peut rien cacher à la police.

Tréguière nota le ton subtilement ironique et enchaîna :

— Et avant le coup de fil, vous en avez donc parlé à votre femme, Macha ?

— Oui. Je lui en ai parlé. C'est normal de se parler entre mari et femme. Je ne pensais pas qu'elle irait voir le cadavre. Je ne sais pas pourquoi elle a fait ça. Ça n'est pas un spectacle pour une femme de voir une autre femme dans un tel état.

— Et vous, vous avez été choqué par ce que vous avez vu ?

L'homme se taisait.

— On t'a posé une question, réponds, lui ordonna Kong sur un ton glacial.

— Non, moi ça ne m'a pas choqué.

— Vous en avez parlé à quelqu'un d'autre ?

— Non.

Tréguière marqua une pause. Elle observait cet homme. Il donnait l'impression que tout ceci le laissait indifférent.

— Vous avez l'habitude de voir des femmes éventrées ? Votre manque de réaction ou d'empathie pourrait paraître suspect, vous ne trouvez pas ?

— Ma mère a été tuée au couteau quand j'avais cinq ans ou six ans, je ne sais plus. On lui a ouvert le ventre de bas en haut ou de haut en bas, verticalement. Les intestins pendaient à l'extérieur ; ils étaient presque tombés sur le sol. Depuis ce jour, je me suis habitué au malheur, et je sais reconnaître un ventre vide, madame la commissaire.

— Arrête avec tes « madame la commissaire » et tes expressions à la con, lui intima de nouveau le lieutenant. Les faux culs comme toi, on les connaît par cœur. T'es un pervers. Tu as voulu reproduire le crime de ta mère pour exorciser tes démons. Tu es perturbé, tu le sais ? Au fait, t'es allé « soulager ta vessie » ou t'es allé pisser sur le cadavre ce matin ? Faudrait savoir ! Choisis un vocabulaire au lieu de nous faire croire que tu es le gentil roumain bien élevé, bien poli avec pas un poil du cul qui dépasse !

Sous le bombardement en règle, il se contenta de baisser la tête et sourit furtivement :

— « Trop poli pour être honnête », c'est ce que vous voulez dire ? C'est pourtant la vérité, je suis un Roumain, et je suis poli, et je suis honnête.

Il avait relevé la tête en prononçant ces paroles puis il poursuivit :

— On vivait en Roumanie à cette époque. Ma mère, c'est moi qui l'ai trouvée, allongée sur le lit de notre caravane. On n'a jamais su qui avait commis cet acte horrible. Il n'y a pas eu d'autopsie, pas d'enquête. La police n'a pas cherché le coupable, mais moi, je sais que c'est le diable. À force de vivre dans la haine et la frustration, les êtres humains tombent malades, madame la commissaire, et c'est alors qu'ils deviennent des êtres diaboliques. Oui, je crois qu'il existe plusieurs diables. Il y en a un qui rôde dans votre ville. C'est lui votre coupable, madame la commissaire, pas Macha ni moi, ni aucun autre habitant du camp.

— Bon, dit Tréguière en haussant légèrement les épaules. Bien, vous pouvez disposer pour le moment. Allez rejoindre votre fille.

— Je reste à la disposition de la justice, dit Butacar. Si vous avez besoin de moi, vous savez où me trouver, sauf si nous sommes expulsés dans les jours qui viennent.

— C'est ça, c'est ça, sortez maintenant. Si on a besoin d'autres informations, ne vous en faites pas, on vous retrouvera. L'ordre d'expulsion a été annulé.

— Je peux vous poser une question ?

Dumitru Butacar se tenait, droit, dans l'embrasure de la porte.

— Essayez toujours.

— Pourquoi vous me vouvoyez ? Habituellement la police nous traite comme des chiens.

— J'ai été bien élevée. Je vouvoie tous ceux que je ne connais pas. Et je vouvoie tous les suspects. Est-ce que ça vous convient comme réponse ?

— Oui.

— Bien, alors sortez maintenant.

Son épouse s'apprêtait à lui emboîter le pas, mais Marcus lui mit une main sur l'épaule et lui indiqua le tabouret libre.

— On va t'interroger séparément. Assieds-toi.

— Non, je veux pas. Cette femme est mauvaise ! dit-elle en désignant Kong.

— N'aie pas peur, dit Marcus. Moi je ne suis pas méchant. La commissaire non plus.

Elle questionna son mari du regard.

— Tu n'as pas à avoir peur, Macha, répéta-t-il sur un ton ferme, rassurant. Fais ce qu'il te demande, et surtout, répond bien à toutes leurs questions. Nous n'avons rien à nous reprocher.

Dehors la pluie avait cessé. Restée seule avec les officiers, Macha s'approcha prudemment du tabouret. Toute l'équipe gardait volontairement le silence tandis que leurs regards convergeaient vers le visage inquiet de la jeune femme.

— Pourquoi avez-vous pris le chapelet ? lui demanda posément mais fermement Tréguière.

La commissaire avait sciemment prononcé cette phrase. Macha sursauta comme piquée par un dard.

— Le chapelet ? répéta-t-elle avec une expression hagarde.

— Oui, le chapelet qui était près du corps. Pourquoi l'avez-vous ramassé et remis à sa place ? C'est bien pour ça que vous vous êtes baissée… Vous l'avez pris puis vous avez changé d'avis. Pourquoi ?

— J'ai rien pris ! J'ai rien farfouillé ! se défendit-elle en prenant place sur le tabouret. Il ment ! Ils mentent tous… C'est eux, les menteurs ! J'ai vu le chapelet qui était dans la boue, madame la juge, mais j'ai rien pris. Je suis pas une voleuse ! Je fais pas de mal aux animaux ! J'ai jamais rien volé, madame. Je le dis devant la Sainte Vierge ! Ça s'arrêtera quand tout ce malheur ?

Elle se tourna, éperdue, vers la statue en plâtre. Elle tremblait maintenant de tous ses membres, sans pouvoir s'arrêter.

— C'est bon. Je vous crois, dit Tréguière.

Elle haussa légèrement les épaules. Elle avait, comme à son habitude, lancé une phrase comme on lance l'hameçon du « prêcher le faux pour savoir le vrai », mais ça ne ramenait pas un poisson à tous les coups.

Chapitre IV

— Comment tu savais que je viendrais ? dit-elle en abandonnant son manteau sur un fauteuil. Je croyais que tu m'avais croisée par hasard ?

Elle désigna les deux coupes en cristal posées sur une table basse, dans un coin du vaste salon, devant le canapé.

— Je ne le savais pas. J'avais tout préparé et j'avais mis le champagne au frais, au cas où tu viendrais, mais je n'étais sûr de rien. Qui peut être sûr de ce que l'avenir proche ou lointain nous réserve ? Qui aurait pu croire que je te retrouverais ? Oui, tu as raison, le hasard n'a rien à voir là-dedans. Je t'ai cherchée longtemps, et je suis tellement heureux de t'avoir enfin retrouvée.

— Tu m'as cherchée… ? Non, mais, tu déconnes ou quoi ? !

— Non. C'est la vérité.

Elle écarquilla les yeux, comme le ferait une poupée.

— Je te manquais donc tant que ça ? minauda-t-elle. Arrête, tu me fais rougir avec tes espèces de déclaration. Si ça continue, tu vas me dire que t'as fait exprès de louer cette baraque pour être près de moi.

Elle s'apprêtait à rire, mais son regard l'en empêcha.

— C'est la vérité. Tu as deviné. J'ai toujours voulu être près de toi. Toujours.

— Toi alors, décidément t'es un cas, dit-elle sans savoir quoi ajouter.

Elle arrangea ses cheveux afin de se donner une contenance.

— Tu n'es pas décoiffée, la rassura-t-il. Et même quand tu es décoiffée, tu es charmante.

Elle émit un petit rire. Elle pivota sur elle-même tandis que son regard parcourait lentement la pièce en s'attardant au passage sur les lourdes tentures devant les hautes fenêtres, les meubles en marqueterie, les épais tapis richement ornés. Tout lui semblait d'un luxe inouï qu'elle ne pouvait s'empêcher de comparer à son modeste pavillon.

Elle s'avança et s'arrêta devant un meuble entièrement vitré qui contenait plusieurs pierres de différentes tailles, certaines gravées, d'autres sculptées. D'autres blocs plus larges représentaient des fresques imprimées sur une pierre blanche, luisante.

— Tu fais dans le caillou, comme ton père ! se moqua-t-elle en passant un doigt distrait sur la surface lisse de la vitre. Toujours aussi maniaque dans la famille Le Gloaguen. Pas un brin de poussière ! Qu'est-ce que ta mère a pu emmerder la mienne avec ça !

— Je m'intéresse à l'archéologie. C'est mon passe-temps, mon hobby. J'aime les pierres, elles ont une histoire.

— Y a pas à dire, t'es bien le fils Le Gloaguen !

Elle continuait d'avancer dans la pièce. Par une porte en bois sculptée laissée entrouverte, elle aperçut un vélo d'appartement et des haltères.

— Tu as une salle de sport pour toi tout seul ? fit-elle en arrondissant de nouveau les yeux.

— C'est très commun de nos jours. Dans cette maison, il y a une salle de fitness, un sauna, un hammam et une piscine.

— Ah ! carrément, une piscine, ah d'accord ! C'est vrai que tu as toujours été riche, avec des parents qui avaient des sous et qui savaient s'en servir. Les miens, par contre…

Elle esquissa une moue de petite fille gâtée, déçue.

— Tes parents t'adoraient, Alice. C'est une richesse qui n'est pas donnée à tout le monde, fit-il sur un ton calme, empreint d'une douceur inattendue.

Elle réitéra sa grimace enfantine et se tut. Elle revoyait l'imposant manoir avec ses innombrables pièces remplies de meubles cirés et d'un bric-à-brac d'objets en bois, en argent ou en pierre : des antiquités qui appartenaient depuis plusieurs générations à la famille Le Gloaguen de Kerkadec. À l'entrée de la propriété, c'est là que se trouvait la bâtisse où elle avait grandi : celle de ses propres parents. Son père – qui faisait office de chauffeur et de concierge – s'occupait du jardin ; sa mère faisait le ménage et la cuisine. Elle revoyait la terrasse surplombant un bras de mer où ils jouaient, elle, Alice, la fille des gardiens avec lui, Claude, le fils des patrons. Elle avait deux ans de plus que lui, pas plus, mais il faisait tellement gamin avec ses culottes courtes et ses vestes à carreaux. « À l'époque, il était laid à faire peur, et une vraie chiffe molle avec ça ! », songea-t-elle en émettant un gloussement dont elle ne se rendit même pas compte.

— Je comprends maintenant comment tu as tellement trop changé, enchaîna-t-elle, abrupte. Tu étais maigre comme un clou, et tout le temps malade en plus ! Mais là, avec tes haltères et ta fitness, sans déconner, t'es carrément devenu comme un athlète olympique ! Tu as l'air si costaud, si sûr de toi… C'est fou, cette transformation ! En fait, c'est avec toi que j'aurais dû me marier, ricana-t-elle. Mais je pensais pas que c'était possible, ce genre de truc.

— Quel genre de truc, Alice ? À quel genre de truc, tu penses exactement ?

— À rien… Non… Enfin bon… Si… Supposons que je te compare à mon mari. Je dis pas ça pour te flatter, mais bon, t'es carrément classe maintenant, carrément bien à tous points de vue. Je dis pas que mon mari est pas bien foutu et se débrouille pas bien, mais comparé à toi… En plus, c'est pas sa faute, mais il a pas réussi comme toi, on va dire…

Elle le contempla de haut en bas, incapable de dissimuler son admiration, puis elle secoua sa chevelure comme pour écarter une pensée inopportune.

— Tu n'es pas heureuse en ménage, Alice ?

Le son de sa voix chaude la fit sursauter.

— J'aurais pas dû venir, dit-elle précipitamment. Je sais pas comment tu as réussi à me persuader. Tu as tellement changé, en bien, je veux dire… C'est pas croyable ! Si tu avais pas ce grain de beauté sur ta pommette, je t'aurais jamais reconnu, ma parole ! Tu étais un gamin avec un physique carrément quelconque, et là, franchement… C'est carrément hallucinant !

Elle émit un nouveau petit rire de gorge, gênée par les compliments qu'elle lui adressait. Mais c'était comme si chaque phrase qu'elle prononçait semblait sortir de sa bouche à son insu. Le grain de beauté remonta légèrement sous les yeux bruns, veloutés, qui lui souriaient. Il dégagea les mains des poches de son pantalon en flanelle, à la coupe irréprochable.

— Merci de le répéter. Venant de toi, j'apprécie d'autant plus cette série d'éloges auxquels tu ne m'avais guère habitué.

Il se tut, ses yeux sombres rivés sur ceux de la jeune femme. Elle détourna son regard et toussota.

— Tu n'as pas pris froid, j'espère. Tu es souffrante ?

— Non, c'est rien.

— Je t'en prie, installe-toi confortablement. Fais comme chez toi.

Il désignait le canapé en cuir bleu, près d'une statue en bronze représentant une femme nue dansant les bras levés au ciel, une tresse de lierre en or enroulée autour de son sexe et de sa taille.

— Écoute Claude, il faut absolument que je rentre. Je dois aller chercher les gosses à l'école.

— Ah oui, c'est vrai, tu as des enfants, mais tu ne vas pas les chercher avant cet après-midi aux alentours de 16 heures, si ?

— Non… Enfin, si… Mais comment tu le sais ?

— Je sais tout sur toi parce que tu fais partie de moi. Tu as deux enfants et tu es mariée. Je me trompe ?

— Non. Mais…

Elle écarquilla les yeux. Elle voulait ajouter quelque chose ; faute de savoir quoi exactement, elle se tut.

— Je vais chercher le champagne, dit-il en s'éloignant.

Elle entendit le bruit de ses pas décroître dans le couloir. Elle s'approcha d'une fenêtre et reconnut les rideaux blancs en dentelle aux fuseaux qui ornaient déjà, à l'époque, les fenêtres du manoir. Elle les écarta délicatement et poussa malgré elle un petit cri de surprise. Elle était arrivée tout à l'heure en traversant un parc avec des arbres hauts comme des immeubles qui masquaient le décor, et maintenant, la vue qui s'offrait à son regard était tout simplement magique. Les herbes et les arbustes poussaient librement, semblant entourer la propriété d'une jungle impénétrable, tels des gardiens veillant sur un lieu préservé, sauvage. Un peu en retrait, comme isolé dans un autre monde, un arbre mort étendait ses bras décharnés. Un frisson la parcourut. Elle appuya la pointe de son nez contre les carreaux ; entre les branches, elle distinguait à présent des lambeaux de ciel bleu et des nuages noirs.

Elle tendit l'oreille, mais rien : aucun son familier ne lui parvenait. Il y avait juste un bruit curieux, une sorte d'écoulement constant, à peine perceptible qui semblait venir du sous-sol. L'espace d'une seconde, elle sentit sa gorge se nouer. « C'est fou comme je suis tendue », songea-t-elle. Elle rit tout haut pour se moquer d'elle-même, puis d'un geste coquet, elle rejeta en arrière ses lourdes boucles blondes. Un bruit de pas dans son dos la fit sursauter.

— Tu m'as foutu une trouille ! Je t'avais pas entendu venir. T'as fait un stage chez les Indiens !

Il était là, derrière elle. Il la dévisageait avec une expression étrange.

— C'est quoi ce bruit de lavabo ? demanda-t-elle à brûle-pourpoint. Tout est tellement silencieux que, du coup, c'est carrément flippant d'entendre un seul bruit. Je sais que c'est idiot, mais à la fin, on entend que ça ! Je suis comme mes gosses, je dis des sacrées bêtises !

Elle pouffa brièvement.

— Mais non, tu ne dis pas de bêtises. Je te comprends parfaitement. Moi j'aime le silence. J'ai fait insonoriser toutes les fenêtres pour avoir le silence. Le bruit que tu entends, c'est un ruisseau qui passe sous la maison et qui rejoint la rivière, là-bas. Pour moi, ça n'est pas un bruit, c'est une musique. C'est pour toi, et pour cette musique que j'ai acheté cette demeure.

— *Pour moi…* ? ! Tu as acheté cette baraque *pour moi…* ? ! Non, mais tu déconnes, là ? ! Tu me fais marcher, et moi qui allais tomber dans le panneau ! Tu m'as bien eue !

Elle éclata de rire.

— Ne ris pas. Je suis sérieux. Je dis toujours la vérité. J'ai acheté cette demeure pour être près de toi.

Elle s'éloigna de la fenêtre pour mieux l'observer.

— Y a pas à dire, t'es carrément un cas ! T'as jamais rien fait commc tout le monde.

— C'est parce que je ne suis pas comme tout le monde, répéta-t-il posément.

Il avança d'un pas. Elle aurait juré voir cette expression étrange plaquée furtivement sur son visage. « Tu deviens folle, ma petite » se dit-elle. Ne sachant de nouveau quelle contenance prendre, elle regarda autour d'elle.

— Et toi, t'es pas marié on dirait ?

— Qu'est-ce qui te fait dire ça ?

— Rien, en fait. Je disais ça comme ça. C'est ta maison rien qu'à toi, en fait, et du coup, on sent pas une présence de femme. Je veux dire qu'on voit pas de traces féminines. Je sais pas moi, tu vois, y a pas d'objets de femme qui traînent. Tu sais, nous les femmes, on sème le bazar. On fait traîner nos affaires, des foulards, du parfum, des machins comme ça.

Tout en parlant un peu à tort et à travers, elle s'était machinalement écartée de lui.

— Tu es très observatrice et tu as raison. Non, je ne suis pas marié.

— J'avais deviné, tu vois ! exulta-t-elle, sautant sur place comme une gamine qui aurait gagné un lot à la foire. Tu as un intérieur de célibataire, c'est ça le truc que je cherchais depuis tout à l'heure ! Je l'avais sur le bout de la langue, mais ça sortait pas ! C'était coincé !

Elle rit de nouveau.

— T'as pas de voisins non plus ? fit-elle distraitement, notant qu'il avait déposé la bouteille de champagne dans un seau en argent sur la table basse.

— Non. J'aime la solitude. Mais viens t'asseoir, et portons un toast à nos retrouvailles. Je suis si heureux de te revoir, Alice. Je savais qu'on se retrouverait un jour. Je l'ai toujours su au fond de moi. Nous finirons nos jours ensemble. Nous sommes inséparables. Tu le sais, n'est-ce pas ? Je ne t'ai jamais oubliée et je ne t'oublierai jamais.

— Faut toujours que tu exagères. Quand t'étais gosse, t'étais déjà comme ça, un peu trop… un peu trop… Oh ! et puis merde, je trouve pas le mot !

— … Trop amoureux de toi, ma princesse ? Tu te rappelles que tes parents t'habillaient comme une princesse avec une robe en dentelle blanche et un nœud en satin rose dans tes cheveux blonds ? Tu te rappelles qu'ils t'appelaient « princesse », et que moi aussi, je t'appelais comme ça ? Tu te rappelles qu'on avait un secret, un jeu entre nous. On jouait au « domestique et à la princesse » ? Tu t'en souviens, Alice ?

Elle se racla la gorge, gênée par ce qu'il venait de lui confier d'une voix émue, plus grave. « Je suis folle. J'aurais jamais dû accepter cette invitation », songea-t-elle, saisie de nouveau d'une angoisse inexplicable.

— Je te remercie pour le champagne, balbutia-t-elle. C'est carrément très gentil de ta part, mais finalement faut vraiment que j'y aille. Je viens de me souvenir que j'avais dit à une amie que je passerais la voir pour lui apporter un escabeau. En plus, j'ai carrément trois cent mille choses à faire aujourd'hui. Tu me pardonnes, hein ? Tu me connais, je suis une vraie girouette !

Elle s'était exprimée à toute vitesse. Elle reprit son souffle, s'efforçant de calmer les battements de son cœur.

— Oui je te connais et je te pardonne tout, dit-il d'une voix douce. Tu étais une petite fille si cruelle, si adorable.

— Arrête avec tout ça, fit-elle, mutine. C'est vrai qu'on s'est bien amusés tous les deux. On en a fait des grosses conneries de gosses ! Quand j'y pense, j'ai presque honte.

Elle se remit à pouffer, la main devant sa bouche cette fois-ci. Il se rapprocha.

— Tu n'as pas changé. Tu te souviens ? Tu faisais toujours ce même petit geste adorable quand tu étais enfant. Ta main devant ta bouche. Ta bouche si jolie, fraîche comme un bouton de rose, et tes adorables petits ongles toujours peints en rouge…

Il avait pris doucement son menton entre ses longs doigts fins. Elle vit qu'il portait un anneau en argent orné d'une pierre noire, brillante.

— Mais c'est la chevalière de monsieur Le Gloagen ! s'exclama-t-elle. Je la reconnais ! Ton père la portait tout le temps. Comme toi, au même doigt ! C'est marrant comme on imite toujours nos parents. Maman disait qu'il l'avait ramenée de chez les Arabes, et qu'elle valait une blinde ! Comment va-t-il, au fait ? Lui et ta mère, c'étaient des sacrés drôles !

— Laisse mes parents là où ils sont, dit-il en l'attirant fermement contre lui, un bras glissé autour de sa taille. Ses lèvres étaient d'une douceur extrême, et elle sentit ses jambes se dérober sous elle.

— Non. Non, non… Non, c'est pas possible ! Mais qu'est-ce que tu fais ? ! dit-elle en le repoussant. Non, Claude. Non, arrête s'il te plaît ! Faut que j'y aille.

Dehors, les nuages s'étaient dispersés, laissant échapper ces intenses rayons qui précèdent une nouvelle obscurité. Il s'écarta sans hâte. Puis il saisit la bouteille et emplit les deux coupes.

— Comme tu voudras. Mais avant que tu partes, buvons une gorgée de ce remarquable Dom Pérignon Luminous 1970.

Je suis sûr que tu n'as jamais goûté un cru aussi exceptionnel. Buvons en souvenir du passé et des bons moments que nous avons passés ensemble. Tu ne peux pas me refuser ça. Tu me le dois, Alice. Tu le sais. Tu n'as pas oublié, si ?

Il la fixait avec insistance et elle baissa les yeux tandis que ses joues s'empourpraient. Elle trempa ses lèvres dans les fines bulles frémissantes. Elle tressaillit : le vin avait une saveur fruitée, subtile.

— C'est très bon, dit-elle tout en s'efforçant de conserver un ton naturel. Encore une gorgée et j'y vais.

Quelque chose en elle lui commandait de partir immédiatement, mais une autre force, plus puissante encore, l'en empêchait. Il l'avait reprise par la taille, et elle sentit son parfum musqué la submerger. Il pressa son corps dur contre le sien.

— Ma beauté, ma déesse, murmura-t-il.

Sa voix chaude, envoûtante, l'enveloppait dans un brouillard. Il y avait en lui quelque chose d'animal, de sensuel qui provoquait en elle un trouble inconnu. Un vertige la saisit. Autour d'elle, les murs du salon et les meubles paraissaient s'élever dans les airs.

— Claude, je me sens mal… Je crois que je vais m'évanouir.

Il lui prit la coupe des mains et cueillit la taille qui se courbait insensiblement. Elle s'effondra à demi dans ses bras, sans voir le sourire extatique qui illuminait le visage de son hôte.

— Princesse, murmura-t-il tout bas, caressant délicatement du bout des doigts le contour des lèvres tendues vers lui.

— J'ai le tournis, embrasse-moi vite, répondit-elle haletante.

Il enfouit son visage dans les longs cheveux dorés, nimbés de lumière qui retombaient vers le sol.

— Je t'ai tant attendu, mon amour. Rien ne pourra plus jamais nous séparer. Bienvenue chez toi, princesse.

.

Chapitre V

Le siège de la CISAC était situé à Montreuil, pas très loin de Gentilly. La circulation étant exceptionnellement fluide quand les voitures arrivèrent en vue de l'imposante grille, il était 11 heures. Les murs en pierre hauts de cinq mètres, et l'immense parc planté d'arbres centenaires aperçus depuis la route départementale D17, abritaient une unité d'élite de la police. Hormis ceux qui connaissaient son emplacement ou qui résidaient dans les parages : personne ne pouvait le deviner. Les randonneurs qui passaient régulièrement sur le sentier balisé en jaune, à quelques mètres en amont, s'arrêtaient brièvement pour s'extasier devant la majesté d'un Cèdre du Liban dont ils distinguaient uniquement la partie supérieure, puis, bâton à la main, ils reprenaient leur cheminement. Depuis le sentier, ils ne pouvaient pas voir les bouleaux qui bordaient, à intervalles réguliers, une allée centrale gravillonnée bifurquant au loin sur la droite. Au bout de l'allée, un escalier en pierre à double volée menait à ce qui avait été jadis une demeure bourgeoise. Aujourd'hui, pour les besoins de la CISAC, l'édifice avait été entièrement transformé. Un couloir vitré, résistant aux balles, reliait le bâtiment principal à une annexe où s'activait, à tour de rôle, une vingtaine de policiers adjoints à l'équipe principale. La totalité de l'annexe, construite tout en longueur, était masquée par la présence d'un volumineux Noyer d'Amérique dont les grosses branches s'étalaient tels les bras d'une pieuvre et formaient un rempart contre le froid, la chaleur et les regards.

Le radieux rayon de soleil qui frappait la guérite à l'entrée menaçait de disparaître à tout moment, englouti par de lourds nuages sales. Les deux véhicules, une Renault 9 GTL blanche et une BMW M2 Compétition de couleur noire s'immobilisèrent brièvement à hauteur de la guitoune : le temps que la barrière automatique se soulève. Chaque immatriculation de véhicules autorisés déclenchait son ouverture.

— Bonjour patronne ! lança le brigadier en charge de la surveillance du poste.

— Bonjour Hector. Tout va bien ?

— Tout va bien, patronne. Tout va toujours bien !

Hector, et Diwa, sa collègue, avaient été gravement blessés au torse et à la jambe lors d'un contrôle de routine, et depuis, ils se partageaient la surveillance des entrées et sorties. Pendant la journée, on en trouvait un dans la guérite ; tandis que la nuit, le deuxième prenait le relais depuis un bureau installé dans l'annexe. Les images fournies par la caméra infrarouge, fixée sur un pilier de la grille, permettaient de filtrer chaque détail. Si bien que 24 heures sur 24, rien ne leur échappait : ni un véhicule, ni un visage.

Malgré leur handicap, les deux brigadiers étaient toujours d'une humeur joyeuse, égale. Leur sourire de bienvenue, inaltérable, avait plus d'une fois été d'un grand réconfort pour les officiers de la CISAC. La seule critique qu'on aurait pu formuler, c'est qu'ils étaient des moulins à paroles.

La tête penchée hors de la guérite, Hector adressa un signe amical de la main aux passagers de la BMW.

— Sale temps pour aujourd'hui, les gars ! dit-il en découvrant une dentition inégale.

Il désigna le ciel dont la teinte hésitait entre le gris, le bleu, et le bleu noir.

— Sale temps pour la planète ! ajouta-t-il. Dans dix minutes, je dis qu'il va saucer.

— Merci la grenouille ! lui lança Kong.

Hector Padoue avait fêté ses cinquante ans, il y a une semaine, et toute l'équipe lui avait offert une station météo. C'était son obsession à la « grenouille », la protection du climat, les catastrophes climatiques et les prévisions météo. D'ailleurs il ne se trompait jamais.

— Salut mon gars ! dit Marcus en lui retournant son sourire.

Derrière le volant, Kong esquissa une sorte de rictus qui se voulait également un sourire, puis elle accéléra. Les deux véhicules franchirent la grille en fer forgé qui restait ouverte durant la journée, dépassèrent en trombe les bouleaux déjà bourgeonnants. La BMW s'arrêta, faisant crisser les graviers devant la double volée de marches. À côté de ce bolide, la Renault 9 de la patronne faisait piètre figure. Aujourd'hui, la présence du véhicule, haut perché sur ses roues entièrement maculées de boue, était de mauvais augure. Lorsqu'elle s'était installée au volant, au départ du garage situé sous l'immeuble du Luco, la carrosserie de la Renault était d'un blanc lumineux, immaculé. Qu'il s'agisse de la tôle ou du moteur, Nathalie Tréguière entretenait elle-même son véhicule de collection ; un passe-temps vite devenu une passion héritée de son grand-père et de son père, tous deux férus de mécanique. Résultat : avec ses 800 000 km au compteur, le véhicule tournait rond comme une horloge suisse.

Tréguière claqua la portière et fut comme de coutume la première à enjamber quatre à quatre les marches du perron. Elle pénétra dans le vestibule, accrocha son ciré dégoulinant au portemanteau. Le long couloir devant elle était vide. Elle poussa la porte de droite et pénétra dans une vaste salle où malgré les deux hautes fenêtres donnant sur le parc, la lumière était subitement devenue insuffisante.

Elle appuya sur le commutateur. Dans cette grande salle qui fut jadis le salon d'un cottage, tout était confortable, fonctionnel, agencé spécialement pour les enquêteurs de la CISAC. Il y avait, en face de la porte, deux longues tables en verre inox qui servaient de bureaux ; des ordinateurs et des fauteuils ergonomiques étaient disséminés tout autour. Une autre grande table, en chêne massif avec deux bancs, était située en enfilade devant une imposante cheminée. En retrait et à gauche de la cheminée, tout un pan du mur était recouvert de tableaux modulables, connectés ou non, visibles de tous les coins de la pièce.

Pour l'heure, le calme régnait encore, le temps que l'équipe réinvestisse les lieux. À chaque enquête, le même scénario bien rodé se répétait, et chacun connaissait son rôle sur le bout des doigts. La CISAC était une redoutable mécanique parfaitement huilée.

Tréguière avait à peine franchi le seuil qu'une sonnerie retentit. Elle avait reconnu le carillon de la ligne 1. Elle disposait de trois lignes. La « 1 » servait de lien avec l'annexe et les policiers d'astreinte. La « 2 » était réservée aux appels venant ou émis de l'extérieur. La « 3 », la « ligne rouge », était celle des « huiles » : préfet de Paris, ministres, président.

Elle se hâta d'entrer dans son bureau. Avec ses larges vitres rectangulaires – occultées le cas échéant par des stores –, l'endroit faisait penser à un aquarium. C'est évidemment ainsi « l'aquarium » que tous le nommaient.

— Bonjour patronne. J'ai Dugain au bout du fil et ça fait trois fois qu'il appelle. Il dit qu'il arrive pas à vous joindre sur la 2 ! Je vous passe la communication ou pas ? Il a l'air à cran, beaucoup plus que d'habitude.

— Bonjour Diwa. Dis-lui de me rappeler dans cinq minutes. Vous êtes combien ce matin ?

— Six. Il y a Domi, Charlie, Jasm…

— Fais court.

— Bref, on devait être sept, mais Baston a chopé une saleté de virus et il a pris sa matinée.

— Rien de grave ?

— Non. Une bronchite avec un petit 39,5 ou un machin comme ça. Bref, une broutille. Il sera présent cet après-midi.

— OK. Tu bats le rappel. On va avoir du boulot, du sale boulot donc faut y aller ! Tu leur dis de rappliquer tous ici à 15 heures. On fera le point. Je veux tout le monde sur le pont.

Le lieutenant Cheng et le commandant Songo, entrés juste derrière Tréguière, avaient ouvert le coffre-fort où ils laissaient chaque soir leur arme de service. Cette arme qu'ils portaient au quotidien était un Glock 26 génération 5 équipé d'un canon Marksman. L'arme de la patronne, un Glock 19, tout aussi efficace mais plus compacte, était remisée dans son bureau.

Au moment où Tréguière raccrochait, la ligne 2 se mit à sonner, elle décrocha immédiatement. C'était Dugain.

— C'est quoi ce bordel ? ! Je te laisse cinq messages et tu me rappelles pas ! Pour qui tu te prends ?

— N'exagère pas, d'accord. Je viens d'arriver… Si c'était si urgent, tu as mon portable pro, non ?

Il y eut un silence.

— Ouais c'est ça. Je voudrais surtout pas encombrer la « patronne » avec mes petits appels subalternes, ricana-t-il en appuyant sur le mot « patronne ».

— Viens-en au fait, s'il te plaît.

— Les faits – car il y en a plusieurs – c'est que c'est la merde, la grosse merdasse ! Après votre départ, les choses se sont gâtées. Une poignée d'agités du bocal chez les pro et les anti-Roms se sont bastonnés à coups de pancartes. Il y a eu des blessés de part et d'autre. Les CRS qui commençaient à décarrer sont revenus pour les calmer à coups de boucliers dans la gueule, mais là, comme par miracle, toute cette chienlit s'est mise d'accord pour leur casser le groin. Un collègue a tiré une grenade qu'un connard de pro-Roms a prise dans le pied. La basket éclatée, les orteils en chou-fleur… moi, je dis qu'il l'avait bien cherché, ce connard ! Mais Marchand qui faisait son rat a pris des photos. Je l'ai vu trop tard sinon je peux te dire qu'il aurait décarré vite fait ! Il doit préparer une saloperie parce qu'il a encore rien bavé sur son site d'infos de merde ! Par contre, y a de belles photos et une super vidéo sur le site des pro-Roms… On voit bien le trou dans le talon avec le sang qui pisse de partout, mais on s'en bat les couilles, vu que personne mate leurs conneries sur leur site d'infos de merde ! *Collectif Romani.org*, appuya-t-il, le site de merde qui a trois visiteurs par an ! ! !

Il ricana et reprit :

— Ah ouais, à propos de pisser, je voulais te signaler que je rappelle mes gars.

— Et pourquoi ça ? Quel rapport ? demanda-t-elle posément.

— Parce que cette fois, c'est la bonne ! La Marne va déborder, et le terrain va prendre l'eau par tous les bouts. Avant ce soir, si la flotte continue à tomber comme vache qui pisse, ça va plus être des chiottes mais une fosse à purin ! Je vois pas pourquoi je laisserais mes gars patauger dans cette merde !

— Qu'est-ce qui te prend ? Tu ne peux pas faire ça. Tu le sais.

— Je vais me gêner, pardi !

— Je ne t'y autorise pas, tu comprends. À moins que tu aies reçu un ordre du préfet ? Il t'a appelé ?

— C'est moi qui l'ai appelé, mais évidemment, je l'ai pas joint en personne. J'ai pas mes entrées, moi ! On doit me rappeler et j'attends sa réponse d'un instant à l'autre. Qu'est-ce que tu croyais… ? Que j'allais la fermer et laisser tomber mes gars ? Je suis pas une enflure ! Je serais pas étonné qu'il ordonne de nouveau l'évacuation de cette bauge dans les heures qui viennent. C'est la merde, et on va tous plonger dedans, bien profond ! Évidemment, vous les super flics, vous aimez pas ça, fourrer votre pif dans la merde parce que ça pue, mais nous, les petits, les keufs, on a l'habitude ! Nous, on est toujours en première ligne face aux insultes et aux voyous qui nous crachent à la gueule ! Nous, on peut nous dégommer à coups de kalach, tout le monde s'en cogne du moment qu'on fait du chiffre ! Nous, c'est tous les jours qu'on la remue, la merde, et qu'on se bouche le pif pour que l'élite se pavane ! Mais un jour, ça va se payer tout ça. Vous allez tous passer à la caisse, et plus vite que tu crois !

Il allait manifestement continuer dans ce registre si bien qu'elle interrompit ce qui, selon elle, ressemblait plus à une diarrhée verbale qu'à un dialogue.

— Je te demande une seule chose, c'est de te calmer. Tu n'as pas l'air dans ton état normal, Yves. Je te demande d'attendre que le préfet te…

Elle ne put terminer. Dugain venait de lui raccrocher au nez. Un bruit inhabituel lui fit tourner la tête. Derrière les vitres, les branches des arbres s'étaient pliées sous l'effet d'une violente bourrasque.

Dans la salle, Kong et Marcus s'affairaient à transformer les lieux en un QG d'enquête criminelle. Kong avait déployé les volets de deux tableaux numériques. Quelques manipulations rapides sur son clavier d'ordinateur, et aussitôt une carte de l'Institut national géographique (IGN) avec la topographie des lieux du crime s'y afficha. Elle effectua un zoom, prit un stylet posé sur le rebord du tableau et dessina un rond noir.

— Ça, c'est la zone qui nous intéresse, dit-elle, ses doigts posés sur l'écran tactile du tableau. C'est précisément là que se trouve le terrain vague où le corps a été retrouvé.

Marcus avait ouvert deux autres panneaux garnis de magnets. Il recula d'un pas, regarda celui de droite, saisit un feutre noir et inscrivit au centre : « *VICTIME ?* ». Puis il traça rapidement deux flèches pointées vers deux noms : « *DUMITRU BUTACAR* » et « *MACHA BUTACAR* ». Ce travail effectué, il jeta un œil à la carte IGN.

— Tu peux dézoomer, dit-il à Kong. Je voudrais vérifier quelque chose.

Du bout des doigts, elle commença à diminuer lentement l'échelle de la carte.

— Stop. Voilà. C'est bien ce que je pensais. Regarde. La rivière qui longe le terrain vague, c'est la Marne… On voit bien son cours qui passe par plusieurs villes et villages ; et les petits crochets qu'on aperçoit à intervalles réguliers, ce sont des écluses. On y allait presque tous les dimanches quand j'étais petit parce que mon oncle habitait dans le coin. Une fois, on avait pique-niqué près d'une de ces écluses. Je ne me rappelle plus laquelle, mais c'est joli là-bas.

Ils fixèrent tous deux la carte puis Marcus conclut :

— On ne pourra pas trouver de traces de pneus à cause de la boue, mais qu'est-ce qui nous prouve qu'il est arrivé par la route ?

Kong hocha lentement la tête, sans prononcer une parole.

Ils se retournèrent ensemble vers l'aquarium dont les stores étaient relevés, signe que la patronne était disponible. Ils allaient la rejoindre quand le téléphone sonna à nouveau. Ils la virent s'emparer du combiné et firent demi-tour. L'appel effectué sur la ligne 2 provenait de Larbi Batma.

— J'ai commencé à examiner le corps, et je voulais te prévenir d'une chose un peu inhabituelle.

— Je t'écoute.

— Je te confirme que le ventre et le thorax ont été vidés. Par contre, il lui a laissé les organes génitaux. Je vais les examiner. Il l'a peut-être violée… ou pas. J'ai relevé des lésions, légères, à l'entrée du vagin. Mais ça pourrait tout aussi bien être un jeu qui a mal tourné avec un godemichet ou tout autre objet. Ce qui est certain, c'est qu'il n'y a plus une seule goutte de sang à l'intérieur du corps. Dans le ventre, tout a été nettoyé comme passé au jet, à l'eau claire, je dirais. Il n'y a aucune odeur de désinfectant. La chose un peu inhabituelle – en dehors de cet excès de propreté –, c'est qu'il y avait un objet placé a priori à l'endroit du cœur. Il s'agit d'un gros caillou, une pierre de couleur gris bleu comme on en trouve un peu partout sur un chemin, un chantier de construction ou même un terrain vague. Je l'ai envoyé au labo pour analyses. Tu auras les résultats ce soir ou demain.

— Tu veux dire qu'il aurait volontairement placé cet objet à la place du cœur ?

— Étant donné le bordel sur place avant notre intervention, je dirais qu'on ne peut pas exclure totalement l'hypothèse qu'une pierre aurait pu s'immiscer puis se fixer dans les chairs. C'est quasi improbable, mais on ne peut pas l'exclure à cent pour cent. Cela dit, le caillou se trouvait dans un repli de chair, très précisément au niveau du palpitant. Enfin, disons que je l'ai trouvé là où se situe habituellement le cœur qui, en l'occurrence, a été ôté. Donc à mon avis, ce caillou pourrait avoir été placé là, exprès. Rodriguez doit t'envoyer les photos. Il a pris plusieurs vues du caillou en situation, dans la position exacte où il était placé à l'intérieur du thorax puis il l'a mitraillé de façon isolée sous tous les angles… Autre fait inhabituel : Doug a réussi à bosser en silence, pour une fois ! Je dirais que c'est le caillou qui lui en a foutu un coup.

Il y eut un coup de tonnerre tandis que des éclairs zébraient le ciel d'un noir d'encre. La pluie s'abattit par rafales.

— C'est tout ? s'enquit-elle posément.

— A priori, je dirais qu'il s'est servi de deux instruments. Il y en a un, contondant, qui a servi à assommer. L'impact fait penser à un coup porté par un objet avec un embout massif, assez rond. Ça pourrait être un objet de type maillet ou marteau, mais j'insiste sur l'embout tout en rondeur parce que les os du crâne sont comme creusés et nettement enfoncés. Sinon la première hypothèse était la bonne : elle ne s'est pas défendue. Je n'ai absolument rien trouvé sous les ongles.

— Mais encore ?

— A priori, je dirais qu'elle a été immobilisée durant un laps de temps assez long. Je dois encore vérifier certains points au niveau des attaches et effectuer des prélèvements. Pour le choc sur le crâne, ça a été violent, asséné par un droitier doté d'une force musculaire conséquente. La victime par contre était assez frêle. Avant éviscération, elle devait peser dans les 45 kg et mesurer 1,50 m. Le coup reçu a été fatal.

— Tu es sûr qu'elle est morte sur le coup ?

— Oui.

— Avant ou après avoir été éventrée ?

— Je ne pourrai pas te le dire. Pas plus que nous n'aurons de traces ADN pour une éventuelle identification du tueur. Il n'a rien laissé au hasard.

— Bien. Et ensuite ?

— A priori, il l'a ouverte sur le flanc gauche avec un instrument tranchant, et même très tranchant. L'entaille qui est nette, franche, me fait dire qu'il a utilisé une lame particulièrement effilée – celle d'un couteau très probablement, car les tissus ne sont pas abîmés. Ça n'est pas le travail d'un bricolo du dimanche. J'aurais tendance à penser que c'est un travail de professionnel. Je pense à un boucher.

— … Ou à un chasseur qui dépèce sa proie.

— Oui. Aussi.

Dehors l'orage s'était brusquement éloigné. Les nuages noirs avaient laissé la place à un ciel bleu, limpide, trompeur, songea-t-elle machinalement.

— Sauf que je n'ai jamais connu de chasseurs qui nettoient leur gibier de fond en comble. À part les quelques traces de sang séché sur le crâne, le cadavre est exsangue, nota-t-il après un temps de silence.

— Bon. Je te remercie. Je passerai peut-être en fin de journée. Si je suis coincée, ce sera le ninja. Il me faut l'album avec toutes les photos de Rodriguez et la suite de ton rapport, si possible avant 15 heures. J'ai prévu un point ici à 15 heures pile. Plus on aura d'éléments, mieux ça vaudra.

— Doug est là, près de moi. Il me fait signe que tu l'auras, ton album photo ! Tu auras tout ce que tu demandes, mais de mon côté, ça va faire juste. Je te contacte dès que j'aurai du frais. On va faire notre maximum. A priori, on est face à une belle saloperie ! Bon courage.

Elle raccrocha. Son visage avait changé d'aspect.

— La patronne a mis le turbo, chuchota Kong.

Marcus opina du chef sans ajouter un mot. Ce masque dur, tendu, son équipe le connaissait bien. Il ne la quitterait définitivement qu'à la fin de l'enquête, lorsqu'ils auraient arrêté le criminel.

Quelques heures plus tard, la salle entièrement transformée en quartier général d'investigation était devenue opérationnelle. Les ordinateurs sur les tables étaient allumés. Des photographies du cadavre étalé dans la boue, et prises sous plusieurs angles s'affichaient sur la partie inférieure du tableau numérique, juste sous la carte géographique. D'autres clichés montraient en gros plan les différentes blessures et traumatismes relevés sur le corps de la victime.

La pendule accrochée au-dessus des tableaux indiquait 15 heures précises. La commissaire divisionnaire se tenait debout, dos au mur, face à ses troupes. Marcus se tenait appuyé contre l'aquarium tandis que Kong scrutait l'écran de son PC portable. Une quinzaine de policiers, venus de l'annexe, avaient pris place un peu partout dans la pièce. Certains s'étaient installés autour des tables ; ils étaient debout ou assis sur un coin de table. Tous les visages convergeaient vers la patronne.

Tréguière se retourna et jeta un bref coup d'œil au cadran qui ressemblait à s'y méprendre à celui d'une horloge de gare. Il était maintenant 15 h 03. Elle attendit encore un peu. Donatien n'allait pas tarder à arriver, car il était d'une ponctualité proverbiale. À l'instant où elle prit la parole, il fit une entrée remarquée. Il n'avait pas eu le temps d'ôter ses bottes recouvertes de boue. Il éternua bruyamment. Il était 15 h 05.

— Bonjour à tous, commença-t-elle.

Une vague de « bonjour patronne » parcourut l'assemblée. Les visages étaient graves, braqués sur Tréguière et les tableaux.

— Je résume la situation avec les éléments dont nous disposons à l'heure qu'il est. On attend encore des résultats, mais nous en avons une grande partie, transmise par la PTS qui s'est démenée sans relâche depuis ce matin. Nous avons le cadavre atrocement mutilé d'une jeune femme, la trentaine environ, retrouvé ce matin sur un terrain vague. La carte qui s'affiche derrière moi vous montre la localisation exacte. J'ai eu Batman au téléphone, et a priori, on a donc une victime qui a été éventrée, éviscérée et entièrement vidée de son sang. Le cœur, absent, aurait a priori été remplacé par un vulgaire caillou. Le crâne a reçu un choc létal qui s'est produit avant ou après les mutilations. Kong fais-nous un zoom sur les photos des blessures et sur le caillou. Je vous demande de les regarder attentivement et de balancer à chaud, tout ce qui vous vient à l'esprit. On fera le tri après.

Le lieutenant Qong Cheng tapota sur son clavier et le tableau changea d'affichage. De tous les coins de la pièce, et malgré l'obscurité qui s'était faite à l'extérieur – annonciatrice d'un nouvel orage –, on voyait nettement l'ouverture béante avec les bords tranchés net sur le côté gauche de l'abdomen. Quant à la plaie sur le crâne, la peau était déchirée ; les os défoncés laissaient voir des morceaux de cervelle.

— Le grand nettoyage, c'est seulement à l'intérieur du ventre et du thorax, précisa la commissaire divisionnaire en se tournant vers le tableau où des taches noires montraient un amas de cheveux et de sang coagulé.

— Il l'a violée ?

La question qui émanait du lieutenant Jasmine Morvan fut suivie d'un lourd silence.

— On ne sait pas encore. D'après Batman, il a laissé les organes génitaux à leur place. Batman termine l'autopsie et il me rappelle.

— Si j'ai bien suivi, intervint Kong, il découpe la fille et il l'éviscère. Il lui ôte les poumons, les reins, le cœur, les intestins, etc. Mais (elle avait haussé la voix sur le « mais »), il lui laisse les organes féminins à leur place, dans le bas du ventre. Moi je dis qu'y a un truc intéressant à creuser, là.

— On pourrait avoir un gros plan avec le caillou et son emplacement exact ? demanda Donatien qui était resté debout près de la porte, pour ne pas salir.

Ses yeux étaient rivés sur le tableau.

— C'est bien ce que je pensais, ajouta-t-il après un bref instant. Regardez comme il est arrondi sur un côté, ce caillou. C'est un hasard ou peut-être pas ? Y a que l'usure du temps ou celle de l'eau – celle d'une rivière par exemple – qui peut former un arrondi aussi parfait. Mais quand la nature façonne l'arrondi d'un caillou, elle choisit rarement d'arrondir qu'un seul côté. Ou alors c'est artificiel ? Et si c'est pas la nature qui l'a fait, c'est lui qui l'a fait. Mais dans quel but ? Plus je regarde ce caillou, plus je pense que là aussi, y a un truc à creuser.

— Bien vu, le ninja ! enchaîna Marcus. On a vraiment l'impression que cette pierre a été taillée avec précision et mise à l'endroit du cœur pour nous dire une chose importante. Selon moi, cette pierre et cette façon particulière qu'il a d'éventrer puis de nettoyer sont les fils qui vont nous conduire à notre tueur. Je peux me tromper, mais je ne crois pas. Je sens que j'ai raison.

Tout le monde – y compris la commissaire divisionnaire – l'écoutait avec une attention redoublée ; certains hochaient la tête. Quand le commandant Marc Antoine Songo avait intégré l'équipe, il y a cinq ans de cela après son stage de formation en profilage, tout le monde avait un peu pris ça à la rigolade. « Tout le monde » cela incluait des officiers sous ses ordres, mais également des collègues dans la police ; et d'autres au sein de la gendarmerie. Dugain, à l'époque, avait évidemment remporté la palme du mauvais goût en appelant le nouvel officier de la CISAC : le « marabout amerloque ». La patronne avait promptement mis le holà aux plaisanteries ; et dans les années qui suivirent, l'instinct et les qualités de la nouvelle recrue avaient définitivement fait taire les mauvaises langues.

— Et j'irai plus loin en avançant l'hypothèse que le tueur souhaite qu'on le retrouve, poursuivit Marcus. Il est comme le Petit Poucet qui sème des pierres dans la forêt. Notre tueur a laissé une pierre pour nous. Une pierre et des signes pour qu'on le retrouve.

— Intéressant… Seulement pourquoi il voudrait qu'on le retrouve ? questionna le brigadier-chef Bastien Danvers en toussant bruyamment. T'en connais beaucoup, toi, des criminels qui veulent se faire… qui veulent se faire…

Il ne put terminer sa phrase, car une quinte de toux l'en empêcha.

— Baston, sois gentil, arrête d'asperger avec tes miasmes, dit Jasmine en s'essuyant.

— … qui veulent se faire serrer, termina-t-il d'une voix enrouée.

— Non, je n'en connais pas beaucoup, répondit Marcus. Mais ça arrive, et lui, il veut peut-être qu'on l'arrête pour s'arrêter. Il a terminé son cycle.

— … son cycle ? Pourquoi il a ses règles ? intervint Jasmine, caustique. Non, je plaisante. Il a terminé son cycle de meurtres et il a décidé d'arrêter de tuer, c'est ça que tu suggères comme explication ?

— C'est une hypothèse parmi d'autres, répondit Marcus.

— Quand je regarde les photos de cette femme avec le ventre ouvert, je me dis qu'une pierre à la place du cœur, ça a du sens, intervint le brigadier-major Dominique Verne.

— Sans réfléchir, dis-moi ce qui te vient à l'esprit. Tu penses à quoi quand tu dis ça ? le questionna Marcus.

— Je pense à un désaxé qui aurait eu de sérieux problèmes affectifs avec les femmes. Elles l'auraient profondément blessé et il voudrait se venger.

— Oui, ça pourrait être un amour fou, une passion dévorante inassouvie avec une froide vengeance à la clé, enchaîna Jasmine, pensive. Un amoureux éconduit, humilié, frustré ; et pour lui, toutes les femmes sont devenues des ennemies. Il a des crises et d'un seul coup, il faut qu'il en tue une, n'importe laquelle. Le psychopathe de base, en quelque sorte.

— Sauf que quand je regarde les blessures avec le ventre vide, quand je regarde la pierre, je me dis qu'on n'a pas affaire à un dingue ordinaire, rectifia une voix dans l'assemblée.

Ils furent plusieurs à approuver d'un mouvement du menton.

— N'oublions pas que certaines femmes ont un cœur de pierre, répondit en écho, une autre voix sur un ton grave.

Cette remarque, lâchée à brûle-pourpoint, était du lieutenant de police Charles Lacroix, réputé pour ses nombreux déboires sentimentaux.

— Pauvre Charlie, lui chuchota Kong, assise près de lui. Tu veux un câlin ? Non mais sérieux, une pierre à la place du cœur comme symbole du pauvre type martyrisé par les femmes, c'est pas un peu bas du front comme message ? poursuivit-elle, goguenarde. Moi je dis qu'un individu qui est capable d'étriper une femme, de lui ôter le cœur et de la vider de son sang, ça relève d'une série gore. Je vois là une mise en scène ultra sophistiquée, un rite païen… Putain si ça se trouve, le mec, il lui a bouffé le cœur et la tripaille, et il a mis le sang dans un tonneau ! Ou il a tout congelé pour tout filer plus tard à ses chiens ou à ses cochons ! Les porcs, ça bouffe tout… ! Non mais sérieux… Il est où le cœur ? ! Elles sont où les tripes ? ! Y a que moi que ça interpelle, ce truc de tripes envolées ? !

— Non, il n'y a pas que toi. C'est un détail important. Je sens que c'est même d'une grande importance, confirma Tréguière. Même si dans ce genre d'affaires, tout est important.

Il y eut un silence. La patronne scrutait son monde. Elle attendait la suite. C'était sa tactique. Chaque début d'enquête commençait par ce long échange où elle se gardait d'intervenir. Elle écoutait, notait mentalement chaque remarque qui pouvait devenir une piste potentielle.

— Il y a aussi la femme, la mère… La salope, intervint Donatien avec un air entendu.

Son visage aux multiples rides, tanné comme un cuir, était si expressif qu'on pouvait y lire le déroulement de ses pensées.

— Quoi la mère, la salope ? questionna une voix.

— … La mère abusive, absente, écrasante, surprotectrice… Une mauvaise mère, ça peut faire une bonne salope et un bon désaxé, conclut-il avant de rajouter, comme sous l'effet d'une illumination. D'autant que le ventre d'une femme, c'est le lieu de la vie ! C'est là que tout commence pour un être humain. C'est là que commence le merdier de cette putain de vie !

— Et un ventre vide, ce serait donc le symbole d'un vide de ce côté-là, rebondit Marcus en réfléchissant tout haut.

— Waaaa ! lança Kong, t'es trop fort !

Elle ne plaisantait pas. Quand il s'agissait de Marcus, Kong mettait souvent un frein à ses moqueries. Ce n'était un secret pour personne qu'elle avait un faible pour lui, et ce depuis le premier jour. Mais le commandant Marc Antoine Songo avait beau être un grand amateur de femmes, il partait du principe qu'on ne couche ni avec les amies ni avec les collègues. Et Kong – qu'il trouvait pourtant à son goût – appartenait aux deux catégories.

— Il ne faudrait pas, malgré tout, oublier le père, intervint Kong. Il n'y a pas que les mères qui ont un cœur de pierre, y a les pères. D'ailleurs, père, pierre… Il y a une nette ressemblance dans les sonorités. D'ailleurs dans la « Lettre au père » de Kafka, on comprend bien qu'un père peut créer un grand écrivain, mais aussi un grand malade dépressif ou un grand psychopathe !

— C'est tout à fait exact, approuva Marcus, songeur, sans pouvoir s'empêcher de lui adresser un clin d'œil.

— Ça va, les deux intellos ? ! On se calme. On n'est pas dans un café littéraire ! protesta Jasmine. « Père, pierre », c'est un peu poussif.

— C'est effectivement des pistes qu'on pourrait garder en réserve pour voir où ça nous mène, commenta posément la patronne. Kong, tu me sors toutes les disparitions signalées depuis 72 heures. Tu me retrouves la photo avec le rat et le gamin, et tu transmets à l'annexe. Tu fais une recherche sur les dix dernières années, pour voir si on a « un » ou « des » crimes similaires. Je sais pas pourquoi, mais c'est l'ouverture sur le flanc qui me travaille. Pourquoi a-t-il pris la peine d'ouvrir le ventre en la taillant sur le côté alors que ça aurait été si simple de le faire sur le devant ?

Tous les yeux convergèrent sur les lambeaux de la blessure béante affichée sur le tableau.

— Il y a forcément une raison, dit-elle… Bon, et toi, le ninja, qu'est-ce que tu nous ramènes ?

— L'enquête de voisinage, ça a rien donné de plus, patronne. Ils se haïssent dans ce coin, c'est palpable. Je dis que ça va mal se terminer cette histoire de collectifs pro et anti machin chose… Mais que ce soient les Roms ou les riverains, comme par miracle, y chantent tous la même chanson : ils ont rien vu, rien entendu ! À croire qu'ils sont tous sourdingues et aveugles. Cela dit, la moyenne d'âge est assez élevée dans les pavillons. La jeunesse, elle est plutôt chez les Roms, mais eux, c'est du pareil au même… Ils ont rien à dire, rien à signaler !

— Ils aiment pas beaucoup les flics, commenta-t-on dans la salle.

— Faut dire que chez les gars de Dugain, y en a qui déconnent, patronne. En clair, y les traitent comme du bétail.

Y déboulent dans le camp et ils interpellent au hasard, en toute illégalité. Comment vous voulez que les mecs collaborent après ça ? Y restent muets comme des tombes.

— Revenons au sujet, intervint Tréguière.

Donatien bougonna une phrase inaudible. Puis il enchaîna :

— Pour ce qui est de l'ami des chats et de ses accusations, ça vaut pas tripette, si j'ose dire (il émit un petit rire satisfait que personne ne partagea). C'est vrai que sa chatte a été retrouvée les tripes à l'air, mais on sait pas qui a fait le coup. Le mec est le président du *Collectif Riverains en Colère*, mais le problème, c'est qu'il est détesté dans le quartier par à peu près tout le monde… Ensuite j'ai examiné ses jumelles. C'est un jouet pour gosses ! J'ai regardé depuis ses fenêtres et son bout de jardin. C'est vrai qu'on aperçoit le terrain vague, mais pas l'endroit où y avait le cadavre ! Donc si Butacar et sa femme s'y trouvaient ce matin, il a pas pu les voir ni même les entrevoir. Ce qui est probable, c'est qu'il les avait déjà observés, mais ça devait être un autre jour. Sinon d'après sa femme, il est dépressif. Y prend des médocs pour ça.

— Quand il a dit qu'il les avait vus se baisser ce matin, il a lâché ça au hasard ?

— Oui.

— C'est des connards de racistes. Point barre, ponctua Bastien avec mépris.

— Et la fouille du terrain ?

— Pour la fouille du terrain, idem, patronne. On a fait ce qu'on a pu avec les renforts et les gars de Dugain – avant qu'y les rappelle et qu'y détalent tous comme des lapins, soit dit en passant. Mais avec la flotte qu'est retombée, c'est pire qu'une boue maintenant. C'est devenu un putain de marécage ! J'ai failli y laisser mes caoutchoucs ! Je soulevais les pieds, mais les putains de semelles suivaient pas. Ça restait collé au fond comme des sangsues !

Des rires fusèrent. Tous imaginaient la scène avec la silhouette dégingandée du ninja se bagarrant hargneusement avec ses bottes caoutchoutées.

— T'aurais pas malgré tout repéré des traces ou quelque chose de suspect du côté de la Marne ? dit Marcus. Le terrain vague est au bord de la rivière, et – Kong zoome s'il te plaît – , regardez… Il y a un ponton d'amarrage des bateaux, juste à la hauteur du terrain vague. J'en déduis que si personne n'a rien remarqué, c'est peut-être parce que l'assassin est arrivé par la voie fluviale ? Après c'était simple : il n'avait plus qu'à traîner ou porter le cadavre sur quelques mètres, et à l'abandonner parmi les détritus. Avec ce mode opératoire, c'est plus discret que la bagnole : pas de traces de pneus, pas de témoins, pas de caméras.

— Y a un ponton, c'est vrai, et j'y suis allé. C'est même là, avant d'y arriver, que j'ai failli y laisser les putains de bottes ! J'ai bien regardé. J'ai rien remarqué de particulier. Y a pas mal d'arbres au bord de l'eau. Ça a pas l'air très profond donc quand le niveau est normal, on peut pas y amarrer une péniche, mais une barque, ça doit être faisable. Je pourrais y retourner vite fait avec un canot, et voir comment ça se présente depuis la rivière. On a parfois des surprises quand on regarde les choses sous un autre angle. Qu'est-ce que vous en pensez, patronne ?

— J'en pense qu'on ne va négliger aucune piste. L'eau à la place d'une route ou d'un chemin, ça me parle. Et puis ça expliquerait pourquoi il se serait débarrassé du corps à cet endroit plutôt qu'ailleurs. Même pour un maniaque de la propreté, une décharge bien placée, c'est pratique. Bon, tu nous termines ton rapport rapidos et tu y retournes. Ah oui, après tu passes voir Batman. Il t'attend.

Je l'ai prévenu. Tu te dépêches. D'après Dugain, la Marne risque de sortir de son lit avant ce soir.

— Moi, je sais pas à quelle heure je vais y entrer !

— Oui. Bon, Donatien, soupira-t-elle. On finit le débriefing et tu files.

— Côté piste, à mon avis, on peut écarter Butacar et sa femme. Y sont pas dans le coup. Les gamins vont à l'école ou à des cours donnés par des bénévoles. Les adultes ont dégotté un travail grâce à l'assoce pro-Roms, le *Collectif Romani*. La femme, Macha, et la fille, Ania, font des ménages dans des familles trouvées par le collectif. Le père, Dumitru, bosse à la biblio de l'assoce. Ils m'ont montré leurs bulletins de salaire avec le tampon de l'assoce. On pourra vérifier si c'est pas des faux, mais pour moi, c'est bon.

— J'ai fait des recherches de mon côté et ils sont clean, dit Kong. Pas d'arrestations, pas de casiers. Rien pour Butacar, rien pour sa femme, rien pour la gamine.

Sans commenter, Tréguière prit un feutre et raya sur le tableau, les seuls noms « Dumitru Butacar » et « Macha Butacar ».

— Cela dit, je sais maintenant pourquoi y semblaient pas clairs. Je sais ce qu'ils cachaient. J'allais quand même pas revenir les mains vides, patronne !

Donatien extirpa un sachet en plastique de sa poche et exhiba sa trouvaille.

— J'ai trouvé ça dans les affaires du plus jeune, Victor. C'était planqué dans un vieux bidon d'huile vide, derrière son plumard – qui est aussi celui de son autre frangin et de sa sœur – soit dit en passant.

Il se dandina d'un pied sur l'autre, comme à chaque fois qu'il était gêné. Le sac transparent laissait voir une ficelle avec des perles enfilées dessus.

— C'est exactement comme le truc avec les perles que j'ai remis à la PTS ce matin. Je vais le refiler à Batman puisque j'y vais tout à l'heure ! Les parents étaient au courant, mais ils se sont tus. Ils voulaient pas qu'on s'en prenne à leur gosse. La femme, Macha, c'est ça qu'elle avait regardé près du corps. Elle a eu peur en voyant que c'était le même chapelet que celui rapporté par son fils. Elle a voulu le prendre, mais elle l'a pas fait. Pour moi, elle est honnête, patronne.

Kong avait affiché sur le panneau numérique, une vue du fil avec les trois perles : une jaune, une verte, une rouge.

— Tu as raison, dit Tréguière. Ça ressemble exactement à ce que tu as trouvé ce matin près du bide. Bon…

Elle haussa de nouveau légèrement les épaules.

— J'ai réservé le meilleur pour la fin, enchaîna aussitôt le ninja. Vous êtes bien calés sur votre cul ?

Du bout des doigts, il fit danser le sachet contenant les perles enfilées.

— Le putain de chapelet ou de collier, je sais pas comment on peut le qualifier exactement, mais c'est un truc dont

Marchand se sert pour ses putains de photos ! Y fourre le fil avec les perles dans le cul des rats pour qu'y se tiennent tranquilles. Ça tétanise la bestiole pendant quelques minutes, et paf, y prend ses photos de merde ! Vite fait, bien fait ! C'est comme ça qu'il l'a eu son gros plan du rat avec le gamin. Le gamin sur la photo, c'est un cousin de Victor. Je suis allé le voir dans sa caravane, et c'est bien le gamin de la photo !

— Quel enfoiré, ce Marchand ! lâcha Kong.

— Il en a toute une collection. Quand il a fini de prendre ses photos, il laisse les bestioles avec le fil qui dépasse du cul, et qu'est-ce qu'ils font les gosses du camp ? Je vous le donne en mille… ? Ben ils tirent dessus pour récupérer le matos ! Après nettoyage, ils le recyclent ou ils le gardent. Paraît qu'y a des gamines qui le portent comme bracelet… C'est comme ça que le petit Victor en a récupéré un. Le petiot gardait cette merde comme un trésor. Y trouvait ça beau !

— C'est les parents qui t'ont raconté tout ça ? questionna Marcus.

— Oui, c'est eux, les Butacar, oui. Mais d'autres aussi. Et puis des gosses du camp aussi. Marchand y file des pièces aux parents pour qu'ils le laissent photographier leurs gamins. Pauvres gosses, va ! Soit dit en passant, les parents de Victor, les Butacar, avaient refusé son fric. Ça doit pas arriver souvent, mais eux, ils ont des revenus réguliers.

Donatien marmonna une phrase qui se perdit au-dessus des têtes.

— Quel vicieux, ce Marchand ! lança Jasmine. D'abord, pourquoi est-il allé fouiner sur ce terrain pour prendre ses photos crasseuses ? ! Il y a des dizaines de terrains vagues avec des camps Roms autour de Paris. C'est pas la misère qui manque, et lui, il choisit précisément LE terrain où on retrouve un cadavre éventré. C'est tout de même surprenant.

— Elle date de quand, la photo ? demanda une voix.

— De la semaine dernière, répondit Tréguière qui avait reconnu le ton calme de Domi. Elle a été mise en ligne sur *StrongNews* le lundi ou le mardi… Montansier – que j'ai eu ce matin au bout du fil – l'avait encore en travers de la gorge. Je vous dis ça, c'est pour vous décrire l'ambiance.

— On pourrait convoquer Marchand pour le faire un peu chier comme y nous fait chier à longueur d'année, souligna le ninja.

La patronne marqua une pause.

— Selon le contexte, on verra si on interroge Marchand ou pas. Si c'est pas indispensable, c'est mieux de le tenir à l'écart. Je vous fais pas un dessin. Vous connaissez le « rat ». Il attend que ça ! Plus c'est sordide, plus il prend son pied ! Plus l'enquête est difficile, moins on avance, et plus il nous traîne dans la boue. Montansier est déjà hors de lui, donc…

Elle suspendit sa phrase, consciente que tous avaient compris le message.

— OK on va s'arrêter là. Donatien, toi tu files faire du canot. Marcus – puisque tu connais les lieux –, tu l'accompagnes. Kong, tu me retrouves la photo avec le rat et le gamin ; tu la transmets à l'annexe avec les photos de Rodriguez prises ce matin sur le terrain. Tu joins le rapport de Batma.

Sous la frange effilée, le visage de la commissaire divisionnaire s'était durci. Et c'est sur un ton d'une fermeté absolue qu'elle termina :

— On va pas se la raconter. On n'a pas grand-chose à se mettre sous la dent, donc je compte sur vous tous. Débrouillez-vous comme vous voulez, mais trouvez-moi qui « elle » était.

La patronne se retourna vers le tableau pour désigner le corps éventré de la victime.

— Et trouvez-moi ce qui va nous mener à « lui ».

Elle prit un feutre noir et traça un grand point d'interrogation au centre du panneau. Puis elle y donna un coup sec avec la pointe du feutre.

— Pour le moment, on a un seul point d'acquis. On est face à une belle saloperie ! Il l'a éventrée, peut-être éviscérée à vif et violée, avant ou après l'avoir tuée.

Un violent coup de tonnerre suivi d'une pluie de grêlons l'obligea à s'interrompre. Tous les regards avaient convergé vers l'orage qui se déchaînait derrière les vitres. Tous avaient le sentiment que la nature sauvage rejoignait, à cette minute précise, le crime atroce qui s'étalait devant eux, sur les panneaux blancs. Puis l'orage cessa, et le calme revint.

— J'ai confiance. Je nous connais. On va le coincer avant qu'il recommence, reprit-elle froidement.

Le silence régnait dans la salle. Dehors la grêle avait cessé aussi vite qu'elle avait commencé.

Elle jeta un œil à la vitre et suivit des yeux le ninja et Marcus qui se dirigeaient vers la sortie.

— C'est un putain de pervers, le mec ! proclama Kong. On va le serrer, cette ordure, et il croupira entre quatre murs jusqu'à ce qu'il en crève !

Elle se mit à ricaner, comme elle seule savait le faire : un rire perlé vaguement inquiétant qui surprenait, du moins la première fois.

— La hyène se réveille, dit Bastien en l'entendant. Le mec, je sais pas où il se planque ni ce qu'il a prévu mais je donne pas cher de sa peau ! Cela étant, je te reçois cinq sur cinq, ma jolie. Le mec, c'est le genre à qui t'as envie de défoncer la tronche bien comme y faut ! Faut pas me le refiler entre quatre yeux, sinon…

— Calme-toi mon petit Baston, dit Charlie. Tu vois, c'est exactement pour cette raison que tu n'iras jamais sur le terrain, mon gars. Tu es trop impulsif, et tu as le coup de poing un peu trop facile.

— On a fini donc y a plus qu'à ! lança Tréguière.

Son regard d'un gris métallique parcourut la salle qui se vida en un instant. De retour dans l'aquarium, elle baissa les stores à moitié. Elle souhaitait avoir un peu d'intimité pour passer un appel depuis son portable personnel. Elle tomba sur le répondeur.

— René, c'est moi. Écoute, ça se présente moyen. Je sens qu'on va en baver. On patauge, si tu vois ce que je veux dire. Bref, si tu pouvais joindre les Beauval pour décommander le dîner de ce soir, ce serait parfait. Tu préviens Yvonne du changement de programme. À tout à l'heure, mon chéri.

Elle reposa le portable, releva les stores. Kong, parti dans la salle informatique mitoyenne, avait laissé les photos affichées sur les tableaux. Nathalie Tréguière s'approcha et fixa longuement les yeux grands ouverts de la victime puis la plaie ouverte sur le flanc, exsangue.

La ligne 2 se mit à sonner. Elle regagna son bureau, décrocha.

— C'est Batma.

Quand le médecin légiste s'annonçait alors qu'elle ne pouvait pas se tromper sur l'origine de l'appel, c'était mauvais signe. Elle sentit tous ses muscles se tendre.

— Vas-y. Je t'écoute.

— Elle a été pénétrée, mais il n'y a pas aucune trace de sperme dans le vagin ni autour. Il n'y a pas eu d'éjaculation, en tout cas pas « dans » ou « sur » la victime. Ou peut-être pas du tout… Les lésions à l'entrée du vagin sont effectivement superficielles. Un examen plus approfondi a révélé la présence de fines particules noirâtres. Je te confirme qu'il n'y a aucune trace d'ADN sur tout le corps. Après un tel nettoyage, c'était prévisible, et à mon avis, totalement voulu. D'ailleurs les seules traces repérables sont ces infimes particules noirâtres également présentes au fond du vagin et dans les plis de la chair, aux emplacements des liens. J'ai envoyé les prélèvements au labo. On aura les résultats dans la soirée ou demain.

Il y eut un court silence.

— Sinon, je t'appelais pour te signaler qu'il a recommencé avec cette manie un peu inhabituelle.

Le silence se renouvela.

— C'est-à-dire ?

Il a placé un objet au fond du vagin, un autre caillou. Un caillou plus petit que le précédent, enfoncé profondément dans un recoin, et a priori, totalement poli de façon artificielle ou naturelle. L'objet à première vue pourrait faire penser à un galet. Il est également marqué de traces noirâtres sur un seul côté. Je l'ai envoyé au labo. Doug a balancé les photos du nouveau caillou sur le serveur de la CISAC, il y a tout juste deux minutes.

— Il nous emmerde avec ses cailloux, marmonna-t-elle d'une voix sourde, très calme.

Puis elle enchaîna sur la question qui se posait à chaque fois avec une douloureuse récurrence.

— La pénétration… Avant ou après ?

Silence.

Le légiste émit un son guttural, quasi indistinct. Chaque fois qu'une question précise lui était posée et qu'il n'était pas en mesure d'y répondre, sa gorge envoyait malgré lui ce message sonore.

En le percevant, Tréguière sentit ses muscles se raidir davantage.

— C'est comme pour l'éviscération. Je ne peux pas me prononcer. Comme il a pris soin de la vider entièrement, on ne pourra jamais savoir si l'éviscération et la pénétration ont eu lieu *ante* ou *post mortem*. Désolé, Tréguière.

Nouveau silence.

— Pas de traces de lutte ?

— Rien. Aucune trace, absolument aucune. Je te confirme de façon certaine qu'elle ne s'est pas débattue… Soit elle ne pouvait pas, soit elle ne voulait pas.

— Ou les deux, ajouta-t-elle.

— Ou les deux, confirma-t-il.

Il y eut un autre silence. L'air s'était soudain figé comme de la glace. La commissaire divisionnaire fixait un point au-delà des vitres de son bureau, obstruées par les stores.

— OK. Envoie les résultats dès que possible. C'est Donat qui passera tout à l'heure.

À pas lents, elle sortit de l'aquarium. La pièce plongée il y a quelques minutes encore en pleine effervescence, était à présent déserte, silencieuse.

Un rayon de soleil éclairait à l'horizontal les tables, les ordinateurs, les chaises restées vacantes.

Elle s'approcha du mur tandis que son regard d'un bleu métallique balayait un par un chaque panneau déplié.

— Tu peux en être sûr, je vais te retrouver, murmura-t-elle, les yeux rivés sur la pierre trouvée à la place du cœur. Oui. Que tu le veuilles ou non, on va te retrouver, prononça-t-elle lentement. Même si on doit y passer nos jours et nos nuits, même si on ne doit plus ni dormir ni manger, crois-moi, on va te retrouver !

Le visage impassible, elle s'approcha encore davantage du panneau jusqu'à ce que ses lèvres serrées, exsangues, frôlent la surface lisse.

— Parce que je te connais, martela-t-elle entre ses dents. Je sais qui tu es.

Elle hocha la tête, tout son corps tendu comme un arc se tenait prêt à bondir sur l'ennemi invisible.

— Tu n'es pas le Petit Poucet, tu es l'ogre ! laissa-t-elle tomber sur un ton menaçant. Et nous, ici, c'est con, mais tu vois, on croit plus aux contes de fées !

Chapitre VI

Elle sentait sous sa peau la douceur des draps en satin. Elle regarda autour d'elle : la chambre tapissée d'arabesques bleu turquoise était éclairée par un pâle rayon de lune qui s'infiltrait par la fenêtre laissée entrouverte. Des parfums enivrants de fleurs et d'herbes se répandaient dans la pièce. Les fleurs et les arbres du jardin sauvage se réveillaient dans la nuit, l'enveloppant d'un désir et d'une volupté inconnus. Malgré la fraîcheur venue du dehors, son corps brûlait d'un feu dévorant qu'il attisait par ses caresses expertes.

— Qui t'a appris tout ça, murmura-t-elle, éperdue, sentant ses doigts s'insinuer doucement.

Il était allongé à ses côtés. Il remonta sa main et elle vit la pierre noire sur son annulaire qui brillait dans le rayon de lune, tel un diamant.

— C'est toi qui m'inspires, ma déesse. Tu es si belle ! Tes courbes sont un paysage dont je découvre chaque sommet vertigineux. Je veux te faire jouir comme personne ne l'a jamais fait avant moi. Je veux que ta peau et tes sens me dévoilent leurs secrets les plus intimes. Je veux que chaque millimètre de ton corps adorable m'appartienne à jamais.

Elle ouvrit les yeux, effleura le grain de beauté puis les contours de son visage.

— Tu es si beau, gémit-elle. Moi aussi, je t'ai tant attendu, mon amour. Viens en moi. Viens. Je veux te sentir gicler au plus profond de moi. Je veux que ta sève m'inonde. Viens.

Elle haletait, attendant la pénétration avec une impatience qui la faisait se cabrer.

— Calme-toi, mon amour. Le temps nous appartient. Nous avons toute la nuit devant nous, l'entendit-elle murmurer tandis que son souffle la balayait tel un vent chaud venu du Sahara. Son membre raidi caressait son ventre qui se mit à onduler malgré elle.

Elle écarta davantage les jambes afin de l'accueillir. Un liquide tiède s'écoulait entre ses cuisses. Il le recueillit avec sa langue puis il l'embrassa longuement.

— Bois, ma princesse. Avale ton plaisir.

— Oui… Oui, balbutia-t-elle. Baise-moi, Claude, baise-moi à fond !

Elle avait crié sans s'en rendre compte.

Il ôta les doigts de son sexe inondé et la souleva d'un mouvement impérieux. Elle sentait les muscles durs de son bras et de son torse plaqué contre le sien.

— Tu me rends folle ! Prends-moi maintenant, je t'en supplie !

Il enfonça son membre d'un coup sec auquel elle répondit par un cri de plaisir, bestial. Elle ahanait, incapable de maîtriser quoi que ce soit. Elle ne reconnaissait plus cette femme qu'elle était à cet instant précis ni celle qu'elle avait été avant lui. Il arrêta le mouvement de ses hanches et la dévisagea. Ses yeux d'une beauté sombre, sauvage, plongeaient dans les siens. Personne ne l'avait jamais regardée ainsi. Personne ne l'avait jamais pénétrée de cette façon. Le rayon de lune éclairait entièrement son corps puissant, parfait. Elle saisit sa verge à deux mains.

— J'étais sûre qu'à présent tu avais une queue de taureau, gloussa-t-elle. Mais je savais pas que la peau de ta queue était si douce, chuchota-t-elle, affolée, les larmes aux yeux. Prends-moi par derrière, Claude ! Je veux que tu me prennes par tous les trous. Je veux t'appartenir par tous les bouts. Mets-la dans ma bouche.

Elle n'avait plus conscience ni des mots ni des phrases qu'elle prononçait, car elle était saisie d'une fièvre incontrôlable. Un brasier coulait dans ses veines. Il devait l'éteindre à tout prix.

— Viens en moi, viens maintenant ! Je veux te sentir gicler dans le fond de mon sexe. Inonde-moi !

Il la retourna brutalement, écarta ses fesses et la pénétra. Elle se mordit les lèvres pour ne pas hurler son bonheur d'être à lui, à elle. Elle avait le sentiment que son corps engourdi se réveillait ; telle une révélation, elle découvrait enfin, éblouie, le plaisir d'être femme ! Un mince filet de salive se mit à couler de sa bouche sur les draps.

— Plus fort, cria-t-elle. Plus fort, mon amour. Baise-moi à fond. Oui… Oui… Encore !

Sans un mot, il se retira d'un coup sec, la retourna violemment sur le dos et la fourra. Elle cria. Ils ne faisaient enfin plus qu'un, soudés par la jouissance, submergés par une vague qui paraissait sans fin, secousse après secousse. Le même cri rauque retentissait, flottant par-delà les arbres et les plantes qui, devenus leurs complices, s'ouvraient encore davantage, libérant leurs arômes exquis.

— Ferme la fenêtre, s'il te plaît. J'ai froid.

Elle entendit sa voix résonner curieusement, comme si les mots qu'elle prononçait venaient de très loin. Elle sentait sous sa peau quelque chose de dur. Elle aurait voulu savoir ce que c'était, mais, curieusement, elle était comme paralysée, incapable de déplacer ses bras ou ses jambes. Elle pouvait encore remuer ses doigts, et en tâtonnant, elle sentit le froid et la dureté de quelque chose qui ressemblait à de la pierre. D'ailleurs, au fur et à mesure qu'elle reprenait ses esprits, elle songea que c'était une pierre qu'elle sentait sous ses mollets, ses fesses, son dos, sa tête. « C'est pas vrai, j'hallucine ! Je suis allongée à poil sur un truc en pierre ou quoi ? ! » cria-t-elle sans même s'en rendre compte.

Elle avait mal au crâne, avec l'impression d'avoir bu trois litres de vodka. « Pourtant j'ai rien bu la veille, si ? »

Elle tenta encore une fois de rassembler ses esprits, mais elle ne se souvenait plus de grand-chose. Elle fit un effort pour se lever, en vain. Elle se trouvait dans un lieu inconnu, plongé dans la pénombre. Elle inclina la tête vers son menton et découvrit des liens sur son torse et ses poignets. Penchant davantage la joue sur le côté, à droite d'abord puis à gauche, elle vit ses jambes écartées, attachées au niveau des chevilles.

Elle se mit à fixer le plafond et ferma les paupières, blessée par la lueur pourtant chétive d'une lampe portative qui éclairait son corps ligoté. « Tiens, c'est une lampe de camping », se dit-elle.

Elle tenta de se concentrer, mais la douleur sous son crâne l'en empêchait. Des bribes d'un rêve plus ou moins érotiques, limite pornographie, lui revenaient par à-coups et elle esquissa un sourire tandis que les événements de la veille lui revenaient vaguement en mémoire. Il lui semblait du moins que c'était la veille, mais elle n'en était pas sûre. Puis dans un flash, elle revit soudain nettement la coupe de champagne, le corps de Claude pressé sur le sien, les yeux de Claude, sa verge rigide. C'est alors qu'elle perçut clairement sa respiration. Oui, il était là, près d'elle. De ça, elle était certaine ! Elle l'entendait, elle le sentait par tous les pores de sa peau.

— Ha ! Ha ! Tu m'as bien eue, mon salaud ! Tu m'as droguée, mais c'était pas la peine de te donner tout ce mal ! Tu sais bien que je suis OK pour jouer. J'ai toujours été partante pour qu'on s'amuse tous les deux. On en a fait de belles quand on était gosses, toi et moi ! Note que c'est du haut de gamme ce que tu m'as filé, j'ai fait un rêve super chaud bouillant ! C'était tellement dingue que je pourrais pas dire si c'était du vrai ou du faux. Ben mon cochon, chapeau !

Elle pouffa tout en relevant la nuque pour tenter de l'apercevoir. Mais l'obscurité était décidément impénétrable.

— Bon, allez, arrête tes conneries ! Détache-moi et va me chercher un cacheton. J'ai la tête au carré. On dirait qu'y a un pic-vert qui me tape sur le crâne !

Elle se raidit, traversée par une pensée fulgurante.

— Merde les gosses, l'école… ! Merrrde ! Il est quelle heure, là ? Vas-y, Claude, fais pas le con ! Rends-moi mes fringues. Sans déconner, je commence à avoir vraiment trop froid. Je vais vraiment choper la crève !

Elle se tut et tendit l'oreille. Elle avait cru percevoir un bruit provenant de l'autre côté, derrière ses pieds, droit devant elle.

— Claude, arrête tes conneries, s'il te plaît. Franchement, c'est pas le moment. Faut vraiment que j'y aille, là !

Elle se tortilla tel un ver, mais seules ses fesses parvinrent à râper la pierre sous elle. Elle s'immobilisa, prenant conscient du silence qui se prolongeait, interminable.

— Pourquoi tu veux pas me répondre ? Qu'est-ce qui se passe ?

Sa voix tremblait légèrement en prononçant ces mots. Le silence s'épaissit. Elle frissonna. Tournant la tête, elle scruta l'obscurité. Ses yeux avaient fini par s'y habituer et elle put distinguer les contours d'une grotte aux parois creusées à même la terre, étayées çà et là par des morceaux de bois. À gauche, il y avait une balance en fer, « une antiquité », songea-t-elle. Il y avait aussi des pierres posées en bas sur des étagères ; des pierres de toutes tailles et qui avaient toutes la même forme bizarre, nota-t-elle encore machinalement, comme si ce genre de détail avait une quelconque importance. Elle plissa les yeux pour mieux voir. La forme faisait penser à un cœur, à une larme ou peut-être à une goutte d'eau ? Elle ne voyait pas suffisamment pour en être sûre. La plus grande partie de la grotte restait immergée dans une semi-obscurité, et ce silence qui n'en finissait plus… Mais non, ce n'était pas le silence total. Il y avait un bruit qu'elle connaissait, mais lequel ? La douleur qu'elle ressentait sous son crâne s'intensifia puis s'évanouit aussitôt, la laissant étourdie.

— On est où, là ? Il est quelle heure ? questionna-t-elle, hagarde. C'est quoi ce bruit ?

Il ne répondit pas. Elle se rappela tout à coup, le cœur battant, son arrivée dans la luxueuse demeure. Les détails se précisaient à mesure que des morceaux de mémoire lui revenaient. Elle revoyait le grand jardin, le grand salon, les grands arbres et les hautes herbes : la jungle impénétrable.

Elle sentit sa gorge et son ventre se nouer. Elle venait de se souvenir des phrases qu'il avait prononcées quand elle regardait par la fenêtre. Elle s'en souvenait étrangement, mot pour mot, un peu comme s'il était en train de les prononcer à nouveau :

— J'ai fait insonoriser toutes les fenêtres pour avoir le silence. Le bruit que tu entends, c'est un ruisseau qui passe sous la maison et qui rejoint la rivière, là-bas. Pour moi, ça n'est pas un bruit, c'est une musique. C'est pour toi et pour cette musique que j'ai acheté cette demeure. Il est 4 heures. Le jour va bientôt se lever, mais ici, on ne le voit jamais.

Elle sursauta. C'est bien lui qui avait réellement prononcé ces mots, à cet instant précis, en les répétant mot à mot de façon mécanique. C'était sa voix chaude, profonde, mais curieusement déformée comme assourdie ou venue de très loin.

— C'est toi, Claude ? Approche-toi. Je t'entends, mais je te vois pas. Qu'est-ce qui se passe ? On est où ?

Elle avait tourné la tête de l'autre côté. Elle apercevait maintenant des outils, des blocs de pierre, des morceaux de cailloux ; et il y avait aussi une rangée de boîtes alignées sur des étagères accrochées au mur, en hauteur.

— Ah j'y suis, j'ai compris ! On est dans ton atelier. Tu as repris le hobby de ton père. C'est ici que tu tailles des pierres. Note que t'as toujours été doué. Tu me diras que t'as eu un bon prof avec lui ! Il t'a tout appris, ton pater ! T'as eu de la chance. Au fait qu'est-ce qu'y deviennent tes parents ? Ils sont toujours en Bretagne ? Maman m'a demandé des nouvelles l'autre fois, mais j'en avais pas, donc j'ai pas pu lui en donner. Depuis que papa est mort, elle est plus la même. D'avoir quitté la Bretagne, ça leur en avait déjà foutu un sacré coup. La retraite, tu sais – je veux dire, rien faire –, c'est pas bon pour tout le monde. Y a des fois ça rend dingue !

Elle parlait, parlait encore et encore tandis que les minutes de plomb s'écoulaient dans ses veines. Elle ne pouvait plus stopper le flot. Elle avait l'impression qu'en parlant, elle projetait dans l'air, non pas des mots mais des bulles magiques qui allaient emplir l'espace et l'emporter loin, très loin d'ici.

— La rivière, je l'entends bien à présent, dit-elle en reprenant son souffle. C'est vrai que c'est beau la musique d'une rivière. Tu l'entends, toi aussi ? Elle est là, sous moi, tout près. C'est comme si elle coulait dans mon dos. C'est pour ça que j'ai froid. Tu m'as attachée sur une table en pierre comme celles qu'on voit en Bretagne ? J'ai oublié le nom. Comment ça s'appelle déjà ? Y en avait une au manoir, au fond du jardin. Elle était sous la terrasse. Même qu'on se cachait dessous pour qu'y nous trouvent pas.

Elle devait absolument arrêter le temps, le suspendre définitivement. L'idée de crier lui était tout à coup étrangère. Elle se dit qu'elle pourrait hurler, mais elle y renonça, sachant confusément que ce serait peine perdue.

— J'ai peur, Claude. Parle-moi. Tu es toujours là ?

— Je suis là, mon amour. Tu n'as rien à craindre. Je serai toujours là pour toi, près de toi.

— Pourquoi tu prends cette voix bizarre ? Je comprends pas ce qui se passe. Laisse-moi partir.

Silence.

Elle se débattit à nouveau, se cabrant convulsivement de toutes ses forces pour briser les lanières qui enserraient ses chevilles, ses poignets, son buste. Sans aucun résultat. Au lieu de la libérer, les liens s'étaient davantage imprimés dans sa chair. Elle sentit un liquide tiède couler le long de ses cuisses. En se tordant la nuque, elle aperçut une traînée de sang qui s'insinuait dans une rainure de la table. C'est alors qu'une brusque montée de colère jaillit de sa gorge :

— Tu veux me faire peur avec tes conneries ??! Bravo, c'est réussi, t'as gagné ! J'ai peur ! Tu peux être fier de toi pour une fois ! cria-t-elle. Le petit gars rachitique est devenu un homme, un vrai ! Tu sais comment on t'appelait quand t'étais gosse ? Le « radis » ! T'étais pâle et maigre comme un radis, et t'avais une petite bite rouge de rien du tout, un petit machin à pleurer ! Un vrai radis, je te dis ! Tu crois que ça m'amusait de tripoter ton petit radis de merde en te collant des baffes ? ! Tu étais tellement laid avec tes airs de victime alors que t'étais riche et que t'avais tout dans la vie sans rien foutre ! Tu donnais envie de te gifler tout le temps, mais à la fin, j'en avais marre. Tu me filais la gerbe ! Si on m'avait pas obligée parce que t'étais le fils des patrons, crois-moi…

Elle éclata d'un rire hystérique. Elle pleurait de rire. Les larmes zigzaguaient sur ses joues, dégringolaient dans son cou.

— Même tes parents t'appelaient comme ça, le petit radis ! Tout le monde t'appelait comme ça, partout, à l'école, dans le village ! On savait tous que t'étais le petit radis de tes parents, une couille molle, une tête à baffes, un vrai clown avec ton costard de merde ! Tu veux que je te dise, il avait raison de te foutre des torgnoles, ton pater ! T'avais ce que tu méritais !

— Alice, tu es si belle. Pourquoi m'as-tu abandonné ? J'étais un gentil petit garçon. J'ai toujours obéi. Pourquoi m'as-tu laissé seul ? J'étais gentil.

Il avait encore changé de voix. Elle frissonna. Elle avait reconnu la voix qu'il avait étant enfant quand ils jouaient ensemble.

Sa colère était retombée d'un seul coup, anéantie par cette voix fluette, étouffée qu'il prenait, et qui provenait du fond de la grotte.

— Claude, qu'est-ce que tu as ? Qu'est-ce que tu racontes ? Pourquoi tu parles comme ça avec cette drôle de voix ? C'est moi, Alice, ton amie… Alice Le Quéré, la fille des gardiens. Tu es devenu dingue, c'est ça ? Approche. Viens, on va se parler tous les deux. Fais pas gaffe à toutes mes conneries ! J'avais peur et j'ai dit n'importe quoi ! Je te demande pardon si je t'ai blessé. J'ai jamais voulu te faire de mal, tu sais, pas volontairement en tout cas. Pardon, pardon, pardon…

La mère qu'elle était – et que ses enfants attendraient devant l'école – s'était réveillée. Son instinct maternel la poussait vers lui, vers la compassion, vers la consolation.

— Je l'avais raconté à tout le monde ce qui se passait au manoir. Personne a rien dit. Personne a rien fait. Personne voulait savoir… Mes parents y touchaient leur part, ça les arrangeait… Faut nous comprendre. Les autres, c'étaient les patrons, les notables du village. Ils étaient riches, eux. Ils avaient tout. Nous, on avait rien. Mais on a eu tort. C'est nous, les couilles molles ! On a été des lâches, des moins que rien ! J'ai honte de moi, de nous tous. J'ai honte de tout. Je me rendais pas compte. J'étais petite, moi aussi… Je… Pardonne-moi, Claude. Pardonne-nous. Je t'en supplie. Viens me voir, je suis restée ton amie. N'aie pas peur.

D'abord elle entendit un mouvement, un glissement de pas, un bruit très doux. Puis dans le halo de lumière qui tombait du plafond voûté, elle distingua une forme qui bougeait lentement. Elle ne pouvait pas tendre davantage le cou, car les attaches, intactes, ne lui laissaient pas suffisamment d'amplitude. La nuque arc-boutée en avant, elle ressentit un immense soulagement en le voyant enfin sortir de l'ombre. Ce sentiment fut pourtant de courte durée.

— Alice, mon amour. Qu'est-ce qui t'arrive ? Qu'est-ce que tu racontes ? Tu perds la raison. Pourquoi inventes-tu des saletés qui n'ont jamais existé ? Quelle ingratitude envers mes parents qui vous ont tout donné, à toi et à ta misérable famille de merde. C'est à désespérer de l'espèce humaine.

Il avait de nouveau changé de voix, et les intonations veloutées, doucereuses qu'il employait ne la rassuraient guère. Elle comprit soudain pourquoi. Il avait quitté l'obscurité et s'avançait vers elle, nu ; un masque noir en tête de chien, percé de trous au niveau des yeux et du nez, dissimulait ses lèvres remplacées par des dents en pierre grossièrement taillées. Son sexe avait disparu, entièrement recouvert d'un étui noir recourbé avec la pointe en l'air ; le tout semblait tenir par des lanières fixées autour de sa taille.

— C'est quoi ce carnaval ?! s'exclama-t-elle spontanément. C'est quoi, ce gode ?! Tu crois pas que tu pousses le bouchon un peu loin ? C'est carrément ridicule !

Elle se mit à pouffer, incapable de se retenir. Il s'immobilisa, et à travers les fentes du masque, elle vit ses yeux noirs posés sur elle. Ce qu'elle y vit lui noua la gorge aussi sûrement que s'il l'avait serrée avec ses deux mains jusqu'à l'étouffer. Mais il ne la toucha pas.

Comme hypnotisée, elle le vit allumer des bougies qu'il disposa près des étagères, sur sa droite. À la lueur des flammes, elle aperçut davantage les objets. Ça n'était pas des boîtes, comme elle l'avait d'abord cru, mais des bocaux contenant un liquide où flottaient des choses qu'elle ne parvenait pas à distinguer précisément. Puis en les fixant longuement, elle finit par reconnaître quelque chose qui la terrifia.

— Mais c'est… Mais c'est… c'est des fœtus ! Mon Dieu ! s'écria-t-elle.

— Tu te trompes. Je ne suis pas quelqu'un qui prend la vie. Je la donne, rectifia-t-il d'une voix calme.

Il saisit un bocal et l'approcha de son visage.

— Tu vois, celui-ci, c'est le bocal de maman. Et celui-là, c'est le bocal de papa. Les autres, tu ne les connais pas. Tu vois, je prends soin d'eux.

Sa pupille s'élargit démesurément, car à présent elle distinguait parfaitement l'intérieur du bocal.

— Claude, émit-elle dans un souffle à peine audible. C'est… C'est…

— … C'est un cœur, le siège de la vie. C'est le cœur le plus important, et c'est la raison pour laquelle il est important de le conserver intact. Le cœur est précieux. Le cœur est le siège de la raison, de l'esprit et des sentiments. Le cerveau n'a aucune importance.

— Non, non, murmura-t-elle, les yeux agrandis par une horreur indicible. Tu es fou, Claude. La vérité, c'est que tu es complètement fou ! Mon Dieu, aidez-moi. Je vous en prie, aidez-moi. Pitié, mon Dieu !

Elle fit une ultime tentative pour se soulever puis tout son corps retomba, inerte. Elle ne sentait plus rien, ni la pierre sous elle ni les liens.

— Si je vais pas chercher mes enfants, l'école va prévenir mon mari ! Il va alerter la police ! Ils vont venir me chercher ! Détache-moi et vas-t'en ! Tu peux t'enfuir. Je dirai rien. Je le jure sur la tête de mes enfants.

Elle parlait avec peine, précipitamment.

— Tu n'as pas d'inquiétude à avoir, dit-il lentement. Ils vont venir. Ils vont te retrouver.

Il replaça le bocal sur l'étagère et se dirigea de l'autre côté de la grotte, à l'endroit où étaient rangées les pierres. Il en prit une puis il la reposa. Elle ne pouvait plus détacher les yeux de ses mains. Les longs doigts fins, la chevalière aux reflets miroitants : elle enregistrait chaque détail pour l'infini. Elle avait compris que sa vie allait s'arrêter. Elle suivait chacun de ses mouvements. Elle regardait ses yeux sombres, veloutés, brillant dans la noirceur du masque en cuir.

Elle cessa de parler. Son cœur cognait si fort qu'elle avait l'impression qu'il allait sauter, encore tout chaud et palpitant hors de sa bouche.

— Tu ne vas pas me faire souffrir, hein, Claude ? parvint-elle enfin à prononcer dans un souffle à peine audible.

— Ne bouge pas et tout se passera bien. Tu n'as aucune crainte à avoir.

Elle détourna son regard et scruta fixement derrière lui, les pierres en forme de cœur, de goutte d'eau ou de larme. Elle le vit hésiter puis en choisir une. Elle le vit se retourner et s'avancer vers elle.

— Je vais te donner la vie éternelle parce que je t'aime plus que tout au monde. Je t'aime, Alice, mon amour.

Chapitre VII

— Merci, Yvonne, c'était délicieux. La dernière fois que j'ai mangé une blanquette de cette qualité, c'était celle de René… Et elle était déjà exceptionnelle !

Nathalie Tréguière tendit la main et caressa délicatement la main de son compagnon, posée près d'une assiette vide sur la table recouverte d'une nappe en coton bleu ciel.

— J'ai une chance inouïe de vous avoir tous les deux.

— Ah, enfin tu le reconnais ! dit René.

— Évidemment que je le reconnais. Vous êtes deux cordons-bleus hors pair. Tout le monde ne sait pas préparer la vraie blanquette avec sa sauce à l'ancienne ! Donc comme j'en ai repris deux fois, je ne prendrai pas de dessert, dit-elle en repliant soigneusement sa serviette assortie à la nappe.

Yvonne Jaouen tira sur les bords de son tablier – que Nathalie fixait par intermittence avec une expression intriguée.

— Un compliment de plus et je m'envole, dit la cuisinière en lissant les deux courtes ailes de sa coiffe en dentelle blanche.

Elle arborait fièrement cette coiffe traditionnelle des femmes de sa région natale. Le jeudi matin, elle la portait pour aller au marché et ne la quittait qu'après le traditionnel dîner du soir. Que tous les convives soient présents ou pas ne changeait rien à ses habitudes. Elle la remettait ensuite le dimanche matin pour se rendre à la messe.

— C'est vrai que je n'aurais pas mieux cuisiné ce plat – qui est pourtant un de mes classiques, dit René. Et moi aussi, Yvonne, je vais m'arrêter là, mais pour une autre raison.

Il tapota son ventre qui touchait presque le bord de la table.

— Ça n'est pas la semaine dernière que tu devais commencer ton régime ? le questionna Nathalie, moqueuse.

— Les régimes, c'est mauvais pour la santé ! Tant que je cuisinerai, il n'y aura pas de régime qui tienne ! Qu'est-ce que c'est que toutes ces histoires de régime à la noix ? !… De la blanquette, il en restera pour demain parce que moi, j'avais prévu un dîner pour quatre, comme tous les jeudis. Le travail toujours le travail ! C'est pas une vie !

Nathalie Tréguière voulut ouvrir la bouche pour se justifier, mais Yvonne la stoppa d'un geste de sa main dodue ; tout en débarrassant le couvert, elle se mit à marmonner d'un air entendu :

— Oui je sais, je sais… Je connais la chanson. Mais tu vas te tuer à la tâche, ma petite. Et tu crois qu'on va te donner une médaille pour ça ? Mais non, le jour venu, tu iras dans le trou sans tambour ni trompette, et ta médaille, ce sera notre chagrin. Comme si la vie n'était pas assez courte !

Ses paroles exprimaient un reproche, mais ses yeux marron pétillaient de tendresse contenue, et chaque rondeur de sa forte corpulence tressautait d'aise.

— Yvonne, arrête de m'appeler « ma petite ». Je te l'ai déjà dit au moins cent fois ! Je n'ai plus dix ans. Nous ne sommes plus à Lannion chez la tante Léna. Tu n'es plus ma nounou.

Yvonne sortit de la pièce à toute vitesse.

— Quel caractère ! dit Nathalie en se tournant vers René.

— Tu peux lui répéter ce que tu veux, elle ne changera pas. C'est une Bretonne pure beurre salé. Un peu comme toi, ma chérie.

Elle eut un petit sourire.

— Viens, on passe au salon, dit-il. Yvonne a fait du feu dans la cheminée. Ça va nous revigorer.

Une porte séparait le salon de la salle à manger. De belles flammes jaunes brûlaient dans l'âtre. Ils prirent place dans le canapé en cuir bleu, face à une table basse où leur ange gardien avait disposé deux tasses fumantes. Une de café noir, une de thé à la cardamome.

Nathalie scrutait les joues pleines de René, le petit menton rondelet, les cheveux bruns touffus, légèrement ondulés avec la raie sur le côté ; et les quelques mèches déjà blanches, disséminées ici et là.

— Ça va, toi ? lui demanda-t-elle. Tu as l'air un peu fatigué, mon chéri.

— C'était la pagaille au commissariat aujourd'hui. La vérité c'est qu'on n'a pas assez de personnel pour enregistrer toutes les plaintes les jours d'affluence, et aujourd'hui, on a été complètement débordés. Le hall d'accueil manquant d'espace, les gens attendaient sur le trottoir. Une bagarre a éclaté entre plaignants. Il y a eu des blessés.

Il caressa sa moustache, but une gorgée et lui sourit.

— Rien de bien neuf, au final. La routine… Et toi ? Quand tu annules notre dîner du jeudi, c'est que la situation n'est guère brillante. Au fait, j'allais oublier… Caroline et François t'embrassent et te souhaitent « bon courage ».

— C'est très gentil de leur part, dit-elle en souriant brièvement, à cause de cette avalanche d'encouragements. Sinon, tu as mis le doigt dessus « la situation n'est guère brillante », et c'est vrai qu'il va nous en falloir, du courage !

Elle se tut et tourna la tête vers la porte laissée grande ouverte, offrant ainsi une vue dégagée sur le couloir et le balcon qui bordaient tout l'appartement en forme de fer à cheval.

— La pluie s'est enfin arrêtée, dit-elle machinalement.

Dans le ciel sans nuages, le soleil déclinait à l'horizon. Les premières lumières nocturnes clignotaient au-dessus de la ville.

— À quoi tu penses ?

René avait posé sa tasse sur la table sans quitter du regard le fin visage dont les traits s'étaient durcis.

— Je pense que lorsque tout sera terminé, j'aurais besoin d'aller voir Michel à Marseille. J'aurais besoin de respirer l'air de la mer, de voir la lumière sur le Vieux-Port avec la Bonne Mère toute dorée, au loin. La lumière là-bas est tellement différente.

— C'est si moche que ça ?

René avait pris sa voix grave, sonore, sérieuse, celle du commissaire René Brière.

— Oui. Il lui a ouvert le ventre, uniquement sur le flanc. Pourquoi… ? Et puis, il lui a fourré des cailloux dans le ventre et le vagin. Là encore, pourquoi ? Ce type est obsédé par les cailloux !

Elle haussa légèrement les sourcils. René se taisait, attendant la suite.

— … Et puis il y a Dugain. Il y a un problème avec Dugain, mais je n'arrive pas à savoir si c'est un petit ou un gros problème. Il m'a brutalement raccroché au nez ce matin. Il était dans un état de nerfs indescriptible. J'ai peur qu'il fasse une grosse connerie.

— C'est-à-dire ?

— Je ne sais pas. Il a l'air au bout du rouleau, et donc j'ai le sentiment que tout pourrait arriver. Cette agressivité qu'il a en lui…

Elle se tut, pensive, et reprit aussitôt.

— Je comprends son ressentiment et sa frustration, dans un sens. C'est un flic honnête qui a toujours rempli ses obligations, et au bout du compte, il n'a aucune reconnaissance… Il est obsédé, comme beaucoup, par les stats et il ne voit plus ou ne veut plus voir le côté humain de son boulot. J'ai l'impression qu'il s'enfonce dans les interpellations pour remplir les quotas demandés par sa hiérarchie, et en parallèle, il est confronté jour après jour à des situations de plus en plus complexes, et on ne lui donne pas les moyens d'y remédier. Tandis que nous, à la CISAC…

René l'interrompit :

— Tu te trompes sur Dugain.

Elle se contenta de l'observer, interrogative.

— Je suis le premier à déplorer la politique du chiffre qui coule notre travail de flic. Tu le sais bien, je refuse de céder à cette pression, et tant pis si je me fais taper sur les doigts. Je protège mes gars, et eux, protègent les citoyens. Je ne sais pas combien de temps ça tiendra. On verra…

Il marqua un temps de silence.

— Mais pour Dugain, son obsession est ailleurs. Je vais te dire une chose que je t'avais cachée. Cela remonte à l'époque où nous étions tous les trois à l'école de police. Dans un couloir, il m'avait soudain barré le chemin pour me lancer sur un ton menaçant : « Je te préviens, même si tu la gardes un moment, c'est avec moi qu'elle finira ses jours, avec moi seul et personne d'autre ! » Il semblait y croire dur comme fer. Il était passionnément amoureux. Je pense qu'il ne t'a jamais pardonné de l'avoir éconduit avec une certaine vivacité. Tu sais, ma chérie, il faut se méfier d'un amour fou non partagé.

Il la dévisagea.

— Et puis il y a autre chose. Peut-être qu'il a été un bon flic, mais il ne l'est plus. C'est un individu aigri qui abuse de son grade et de son statut de policier. Des bruits circulent sur des passages à tabac en règle au sein de son commissariat. D'après ce que j'ai cru comprendre, les victimes de ces brutalités sont des hommes, mais aussi des femmes, tous issus de la communauté Rom. Ils ont peur, alors ils se taisent. Méfie-toi de lui.

— Pourquoi tu ne m'en as jamais parlé, ni de ce que Dugain t'avait dit ni du reste ?

— Pour Dugain, je pensais que depuis le temps, ça lui était passé. Pour le reste, parce qu'il n'y a pas de preuves. Parce que c'est l'omerta chez ses gars et chez les Roms. Parce qu'il déshonore l'insigne qu'il porte, et que je porte, ajouta René d'une voix sourde.

Elle posa lentement sa tasse vide sur la table basse.

— J'aurai une conversation avec lui, dit-elle sur un ton froid qui trahissait sa vive contrariété.

— Sinon, reprit René, pour tout ce qui est cailloux, à ta place je m'adresserais à Michel. C'est sa marotte, à ton frère, le caillou. Michel sait tout sur les pierres et ceux qui les travaillent, et c'est grâce à son savoir qu'il peut créer toutes ces merveilles.

Il lui désigna la table devant eux : un plateau en marbre blanc finement poli, de forme irrégulière, enchâssé sur trois pieds en bois de noyer massif.

— Pour le reste, tu sais bien que le statut privilégié de la CISAC ne sera jamais accepté par l'ensemble des collègues. C'est normal. La fin des rivalités entre services, ça n'est pas pour demain, ni après-de…

Une sonnerie interrompit leur conversation. Elle saisit son portable laissé sur la table, près de celui de René.

—Patronne, c'est moi, lança Donatien. Je voulais vous dire qu'avec Marcus, on n'a pas perdu notre temps. Soit dit en passant, y se débrouille comme un chef avec les avirons, notre Marcus ! Sans déconner, y pourrait faire de la compète !

— Je n'en doute pas.

— Oui, donc pour faire court, on a pu arriver au niveau du terrain vague. La barque prenait un peu l'eau, mais en écopant, ça allait. Donc on arrive, on amarre l'embarcation à un pilier du ponton, et on descend inspecter les alentours. Ça valait le coup parce qu'à quelques mètres, cachée derrière une rangée de saules pleureurs, on découvre une petite plage avec des cailloux qui ressemblent pas mal au truc trouvé dans le cadavre. Et c'est pas tout ! J'avance un peu, et je vois qu'il y a des empreintes de bottes profondément enfoncées dans la glaise, avec un large sillon comme si on avait porté ou traîné une barque ou un truc lourd.

— OK, mais bon, y a pas mal de pêcheurs et de passage dans le coin.

— Oui, mais patronne, il n'y a pas de traces de piétinements, articula-t-il avec soin. Et puis, vous en connaissez beaucoup des pêcheurs qui laisseraient une traînée de cailloux soigneusement alignés en remontant vers la berge ?

— Les cailloux ! Les putains de cailloux ! Nous y revoilà… Bon, tu en penses quoi, toi ?

Elle s'adressait au ninja, au procédurier qui ne néglige jamais le moindre détail ni son importance.

— Je pense que la pierre, elle a été ramassée ici, et qu'il l'a taillée lui-même. Je pense que Marcus a raison : le tueur veut qu'on le retrouve et il nous laisse les cailloux comme piste à suivre. Ce type est un taré, patronne, mais il calcule tout. On dirait qu'y se fout de notre gueule !

— C'est possible, dit-elle avec calme. Et Marcus, qu'est-ce qu'il en pense ?

— Pareil. On pense tous les deux la même chose. Mais Marcus, il va plus loin dans le côté psy. Il pense que le mec habite dans le coin et qu'il nous attend comme l'araignée attend la mouche qui va se prendre dans sa toile. Marcus dit qu'on doit pouvoir le retrouver en faisant toutes les baraques qui ont un accès à la rivière. Dugain s'est planté – la météo et la grenouille annoncent du beau temps ! Donc la Marne débordera pas, donc on pourrait se le retenter demain avec toute l'équipe ? Marcus connaît bien le mec qui loue les barques. C'est le même que quand il était petit, mais en plus vieux et plus ratatiné !

Elle réfléchissait.

— Tu es où, là ?

— Suis en route pour le Batman. Je lui dépose le nouveau chapelet et je rentre me mettre au sec.

— Et Marcus ?

— Il est rentré chez lui. Il a passé un coup de fil à Kong pour lui demander de zoomer par satellite toutes les baraques sur cinq kilomètres en amont. Elle va lui envoyer ça tout à l'heure.

Il se mit à tousser et éternuer bruyamment, mais continua :

— À propos de pêcheurs, avant d'arriver au ponton, on a vu des Roms qui pêchaient depuis la rive. Quand ils nous ont aperçus, ils ont décampé en jetant leur matos à la baille ! Je finis par me dire qu'ils savent des trucs, mais ils nous ont reconnus. Ils ont peur de nous, une peur bleue. On aurait dit qu'ils avaient vu le diable !

— C'est ça, fit-elle, laconique.

En prononçant cette phrase, elle repensait à ce que venait de lui confier René au sujet de Dugain et de son commissariat. René qui l'observait vit une ombre passer sur son visage aux traits soudain tirés, fatigués.

— Bon, quand t'auras fini, va te mettre au chaud avec un grog. Tu as assez pris la flotte pour aujourd'hui. Pour le reste, t'as raison, on va se le retenter demain.

— C'est vrai que je préfère le grog à la flotte ! commença-t-il avant de conclure sur un ton plus grave. Y a un truc qui cloche dans tout ça, patronne. C'est trop simple. Tout semble combiné d'avance. Je suis pas une mauviette, vous le savez, mais y a un truc chez ce mec qui me fout les jetons.

— Oui. À moi aussi, si ça peut te rassurer. Mais la peur, on fait avec depuis longtemps toi et moi. On fait tous avec, dans l'équipe. C'est avec nos peurs qu'on finit toujours par les serrer ! Et on va serrer ce connard comme on a serré tous les autres !

Elle raccrocha et reposa le portable sur la table basse, saisit sa tasse, la porta à ses lèvres. Le restant de café était froid. Elle le but d'un trait. Pendant quelques minutes, assis côte à côte immobiles, René et elle se contentèrent de fixer les braises derrière la vitre du foyer.

— C'est quoi ce tablier ? fit-elle de but en blanc.

René se tourna vers elle, vaguement perplexe, mais sans plus. Il était habitué depuis longtemps à ces questions, toujours posées à la volée et hors contexte.

— … Le tablier d'Yvonne quand elle nous a servi le dîner, ça sort d'où… ? Elle a toujours porté un tablier blanc.

— Ah ça ? c'est un souvenir de Marseille, un tablier provençal que Michel lui a offert. Tu ne t'en souviens pas ? C'était le jour où il avait achevé cette magnifique table.

René lui désigna le meuble où se trouvaient leurs deux tasses.

— Il était tellement heureux d'avoir terminé qu'il avait organisé un grand pique-nique aux Catalans. À la fin, je crois qu'on était une cinquantaine à boire et manger. Toute la plage était de la fête, quelle soirée mémorable ! En rentrant, on s'était fait des cadeaux, des babioles. Tu avais oublié ?

— Oui. Mais alors complètement !

Ils éclatèrent de rire.

— Je crois qu'on devrait aller se reposer. On a eu tous deux une rude journée, et je pense qu'on aura la même, voire pire demain, dit René en se levant d'un bond.

Malgré sa légère tendance à l'embonpoint, le commissaire René Brière était d'une surprenante agilité.

— Tu as raison. Allez, on ferme la boutique… ! On se fait un jogging autour du Luco à 6 heures ?

Sous la frange coupée au ras des sourcils, les yeux bleus lui souriaient enfin, lumineux. Le portable sur la table se mit à sonner.

— C'est encore pour toi. Bon courage, dit-il, moqueur en quittant le salon. À demain, ma petite beurre salé !

— À demain, le vieux !

— Demain matin, le vieux va battre son record et te mettre 10 minutes chrono dans la vue !

René Brière frotta brièvement sa moustache et grommela une phrase inaudible. Cette expression, le « vieux », l'agaçait parfois. C'était un des surnoms que les collègues du commissariat lui avaient donnés à cause de son « vieux style », de sa moustache et de ses cheveux déjà grisonnants.

Elle sourit tendrement en le regardant s'éloigner dans le couloir. Il avait ce côté ours qu'elle adorait. Sur la table, le portable vibrait avec insistance ; elle s'en empara prestement, souleva le clapet et sut immédiatement d'où provenait l'appel, et qui en était l'auteur. En effet, Larbi Batma pratiquait toutes ses autopsies en écoutant des chants traditionnels russes avec le volume poussé au maximum.

— Tu peux baisser le son, s'il te plaît. Merci.

— Tu ne sais pas apprécier la beauté profonde de la musique slave, remarqua-t-il, avec regret. Moi, ça me prend aux tripes, et comme j'en vois beaucoup ici, des tripes… Bon, j'ai reçu les premiers résultats du labo, enchaîna-t-il sans transition. Je sais maintenant pourquoi elle ne s'est pas débattue. Elle a avalé du GHB, en faible quantité, mais suffisamment pour qu'elle soit totalement consentante avec tous ses sens stimulés, érotisés. Ils en ont trouvé une trace dans le sang séché prélevé sur le haut du crâne.

La commissaire divisionnaire n'ignorait rien du GHB (*acide Gamma-hydroxybutyrique*), plus connu sous le nom de « drogue du violeur ». Présentée sous forme de poudre blanche sans odeur ni saveur : rien de plus facile que de la verser dans le verre d'une victime qui, sexuellement désinhibée, plonge durant des heures dans un état second, suivi au réveil d'une amnésie totale et irrémédiable.

— Je vois, dit-elle simplement.

— Les analyses pour les particules noirâtres confirment ce que je pensais. Elle a été ligotée avec des lanières en cuir noir.

Elle est restée attachée nue sur un support plat et dur, car le corps est uniquement marqué sur le dessus par de fines bandes imprimées dans la chair. Les fesses, le haut du buste, les mollets sont aplatis. A priori, d'après la profondeur des empreintes, elle est restée solidement attachée sur le support durant au moins 10 heures d'affilée.

— Tu penses à une séquestration ?

— On ne peut pas écarter cette hypothèse.

— Autre chose ? questionna-t-elle.

— Les particules noirâtres présentes à l'entrée et au fond du vagin sont identiques. Je dirais que l'organe a été pénétré par un objet en cuir ou recouvert de cuir. Il a peut-être fait d'une pierre deux coups, si on peut dire. Car à moins d'avoir un pénis à la fois rigide et tordu à son extrémité, je ne vois pas comment il aurait pu y loger le caillou retrouvé au fond dans un repli de la chair. On saura si j'ai vu juste quand on aura les résultats pour les traces sur le caillou. S'il s'agit des mêmes particules, j'aurais tout bon.

— Bon, répéta-t-elle. C'est tout ?

— Non. J'ai les résultats pour le premier chapelet. Il s'agit d'un fil de cuisine ordinaire, résistant, un peu huilé avec des perles en plastique coloré comme on en vend par sachets ou en pots sur Internet ou dans n'importe quel magasin de jouets pour enfants. C'est plus précisément des perles à enfiler avec un trou en leur centre pour confectionner des bracelets, des colliers, des bagues… Leïla et moi, on connaît ces perles par cœur ! Nos deux filles en étaient folles, et on a passé des années à les ramasser dans toute la maison !

Tréguière sourit brièvement. Le médecin légiste, marié à Leïla depuis plus de vingt ans, avait quatre enfants dont il était si fier qu'il en parlait très souvent.

— Le ninja m'a bien remis le deuxième chapelet, qui me semble en tout point identique au précédent. Là encore, un peu de patience. On aura tous les résultats demain : et pour les cailloux, et pour le nouveau chapelet ! Je te laisse tranquille. Je finis l'autopsie, je mets le cadavre au frais et je vais rejoindre ma famille. Demain sera un autre jour où la mort nous réserve d'autres surprises, Tréguière.

— C'est ça. C'est ce que j'aime dans ce métier, on ne s'ennuie jamais, lui répondit-elle sur un ton pince-sans-rire.

Chacun à l'autre bout du fil, ils eurent cette même expression de complicité amusée qui leur permettait de faire face à tout ou presque tout depuis tant d'années. Ils raccrochèrent en même temps.

La nuit était tombée sur la ville. Elle franchit la porte du salon, traversa le couloir, ouvrit la fenêtre qui donnait sur le balcon. Les coudes posés sur la rambarde en fer forgé, elle appuya son menton au creux de ses mains et respira l'air frais, revigorant, qui montait du jardin. La pluie qui s'était déversée toute une partie de la journée avait imbibé les plantes et la terre. Le bruit de la circulation urbaine semblait comme assourdi. Elle inspira de nouveau une grande bouffée. Le téléphone laissé sur la table sonna.

— Bonsoir Tréguière, navré de vous joindre chez vous à cette heure tardive, mais c'est urgent. Je viens de recevoir à l'instant un appel du ministre de l'Intérieur qui est extrêmement gêné par la tournure prise par cette affaire – qui ne devait justement pas en devenir une, principalement à l'approche des élections. Je ne vous cacherai pas que je suis moi-même on ne peut plus contrarié. Je vous ai toujours accordé ma confiance, toutefois je me demande à cet instant précis, si vous et votre équipe la méritez pleinement… Qu'est-ce qui n'était pas clair dans mes recommandations de ce matin, Tréguière ?

Montansier avait employé un ton nettement plus froid que de coutume, et la commissaire divisionnaire en conclut qu'il devait être absolument hors de lui.

— Bonsoir, monsieur le préfet, dit-elle poliment en reprenant sa place sur le canapé devant les braises rougeoyantes. Vos recommandations étaient parfaitement claires. Je ne pense pas les avoir négligées. L'ensemble de la CISAC est mobilisé depuis votre appel. Nous avançons sur l'enquête avec efficacité et discrétion.

— « Avec discrétion », répéta-t-il, acerbe. Vous intriguez afin que je quitte mon poste, Tréguière ? Vous souhaitez devenir préfète ? C'est un peu tôt dans votre carrière, vous ne pensez pas ?

Elle ouvrit la bouche afin de réfuter cette accusation, puis la referma.

— Nous étions déjà dans le sordide avec les clichés du gamin et du rat, mais cette fois, les bornes sont dépassées. Cette affaire prend un tour politique avec un discours populiste intolérable. Grâce à votre défaillance, je suis contraint de saisir l'IGPN et de faire un point presse dès demain.

Elle s'apprêtait à rétorquer qu'il y avait un malentendu, qu'elle ne comprenait pas de quoi il s'agissait, mais le préfet poursuivit sèchement :

— Faites-moi parvenir les dernières informations dont vous disposez afin que mes conseillers la préparent.

— Je m'en occupe, monsieur le préfet.

— Je les veux *immédiatement*, précisa-t-il sèchement avant de poursuivre sans transition. Qu'est-ce qui ne va pas chez Dugain ? Vous pensez qu'il a un problème de boisson ?

— Non, je ne le pense pas. Je sais qu'il a harcelé votre secrétariat pour l'évacuation du camp. Il est convaincu que la Marne va déborder, mais il se trompe parce…

— Qui vous parle de l'évacuation du camp ? coupa-t-il, glacial. Je vous parle des révélations incongrues qu'il a faites à la presse, et qui sont publiées sur ce site sordide avec les photos de cet individu dont j'ai oublié le nom. Inutile de vous dire que l'extrême droite et ses votes ne sont pas souhaités par la présidence actuelle. Ressaisissez-vous ou je vous dessaisis de l'affaire, et je vous fais couper les vivres définitivement. Vous me comprenez, Tréguière ?

— Je comprends, monsieur le préfet.

Et pour la première fois depuis qu'ils échangeaient dans l'exercice de leurs fonctions, il coupa la communication sans sommation préalable.

Après l'entretien avec Montansier, la commissaire divisionnaire s'était dirigée d'un pas vif vers son bureau situé à l'extrémité droite du fer à cheval. Installée devant l'écran de son ordinateur, elle regardait la page d'accueil de *StrongNews* qui annonçait dans un bandeau taché de gouttes de sang dégoulinantes : « ***Un crime odieux commis par des Roms ?*** ». À mesure qu'elle faisait défiler la page, les photos – signées

A. Marchand – se succédaient toutes plus spectaculaires les unes que les autres. Un pied ensanglanté, troué au niveau du talon. Un CRS atteint par une pierre s'écrasant sur la visière de son casque. Elle commença à lire le début de l'article dont certains passages avaient été surlignés en gras : « *De violents affrontements ont eu lieu ce jeudi matin dans un camp qui devait être évacué par les forces de l'ordre. Au milieu de ce chaos indescriptible encouragé et provoqué par une poignée d'énergumènes pro-Roms, l'élite de la police s'était déplacée pour une tout autre raison que nous résume le commissaire de Gentilly, Yves Dugain, présent sur les lieux : « **C'est un crime ignoble, atroce, une femme a été retrouvée nue, éventrée, éviscérée, étendue dans la boue et l'urine de ce terrain vague insalubre, envahi et pollué par une bande de gitans délinquants.** »*

Tréguière haussa brièvement les sourcils et poursuivit sa lecture en reconnaissant dans chaque tournure de phrase, le style propre à Dugain : « ***Voilà l'ignoble résultat d'une politique sociale où tous les immigrés de toutes les espèces envahissantes s'en prennent à une paisible population locale. Ces délinquants sont soutenus dans leurs dérives criminelles par une bande d'intellos, des agités du bocal pro-Roms, des bobos extrémistes irresponsables !*** »

Elle descendit dans la page. Une première photo, prise d'assez loin par Marchand, montrait les officiers de la CISAC circulant sur le terrain vague. Il y avait Marcus et Kong, suivi de Donat. Un autre cliché, pris au téléobjectif, la montrait en gros plan sous la pluie, avec son ciré dégoulinant. La légende indiquait « *La patronne de la CISAC, la commissaire divisionnaire Nathalie Tréguière, va avoir l'occasion de justifier les moyens exorbitants attribués à son équipe et financés par nos impôts.* »

En parcourant les dernières lignes écrites en bas de page par le journaliste de *StrongNews*, les traits de son visage se durcirent jusqu'à ressembler à un masque. « *Madame la commissaire Tréguière, arrêtez cet éventreur de femme avant qu'il ne commette un autre crime abject ! Un tueur, un fou dangereux rôde sur la ville !* ***Nous avons peur pour nos mères, nos sœurs, nos épouses, nos filles !*** »

Chapitre VIII

Le nœud dans sa gorge se resserra. Elle frissonna. Dans l'obscurité, elle distinguait une forme qui s'approchait, avec dans sa main, un objet qu'elle ne parvenait pas à identifier. Il leva la main et elle se redressa d'un bond, assise dans son lit. Son cœur battait plus vite que de coutume ; elle inspira afin de recouvrer un rythme normal. À ses côtés, René dormait. L'horloge lumineuse sur la commode indiquait « vendredi 3 mars » suivi de « 4 h 01 ». Elle fixa l'heure et se leva sans faire de bruit, enfila un sweat et le pantalon de jogging préparés sur le dossier de la chaise pour leur jogging matinal, tout à l'heure.

Elle longea le couloir jusqu'à son bureau. Elle ralluma son ordinateur et ouvrit ses mails. Les photos des deux cailloux s'affichèrent sur l'écran. Elle cliqua afin de les examiner de plus près et s'adossa au fauteuil. Par la fenêtre qui donnait sur le balcon, le Luco plongé dans la nuit était encore assoupi. Son regard se reporta sur les deux cailloux. Elle saisit l'adresse de Michel et inséra les deux photos en pièces jointes puis elle pianota : « J'ai besoin de ton avis de sculpteur et d'artiste. Dis-moi tout ce qui te vient à propos de ces pierres. Est-ce que selon toi, ces cailloux sont l'œuvre de la nature ou d'une main humaine artistique ? J'espère que tout le monde va bien par chez vous. René et moi, on vous embrasse. À bientôt, frérot ». Elle appuya sur la touche « Envoyer » puis éteignit l'ordinateur.

Elle étouffa un bâillement et se renfonça davantage dans le fauteuil. Ses yeux plissés sous l'effet de la concentration se posèrent sur la statue que Michel lui avait offerte pour son anniversaire : une femme nue, allongée sur un rocher, et qui soulevait un globe transparent dans sa paume.

— C'est une allégorie, lui avait-il confié. Tu les vois, toutes ces femmes qui soulèvent le globe terrestre comme s'il s'agissait d'une bulle ? Elles soulèvent le monde pour le sauver !

Elle aimait bien ce côté affectueux, chez Michel. Elle aimait sa pudeur, son humour, sa délicatesse. Elle savait qu'il l'admirait, même si leurs idées politiques divergeaient radicalement, même s'il ne l'avait jamais formulé directement.

Elle eut un sourire.

— T'as raison, frérot ! Allons-y, on va sauver le monde ! lança-t-elle.

Calés contre le socle en marbre vert, il y avait la matraque et l'étui en cuir dont elle se défaisait chaque soir. L'étui qu'elle portait en permanence, dissimulé dans ses vêtements, contenait son arme de poing : un Glock 19 ; cette arme, petite, légère, puissante qui crachait du 9 mm spécial lui avait été offerte par René.

La pendule indiquait maintenant 4 h 45. Elle eut une moue hésitante. Puis elle se leva, ôta les livres jetés sur le canapé qui lui servait de lit, certaines nuits comme celle-ci où le sommeil la fuyait. « Je suis dans la merde ! » lança-t-elle à haute voix vers un cadre coincé dans la bibliothèque. Son grand-père et son père en tenue de commandant de vaisseau lui souriaient aux côtés de leurs épouses, coiffées d'une élégante capeline blanche.

— Montansier, Dugain, Marchand… Finalement on s'en fout pas mal, non ? L'essentiel est ailleurs. Je vais le coincer, ce salopard ! Vous pouvez me faire confiance. Mais oui !

Le petit sourire en coin était revenu tandis que ses yeux d'un bleu intense, lumineux, restaient braqués sur la photo jaunie. Dehors, les lampadaires autour du Luco s'étaient allumés doucement, diffusant de plus en plus fort leur douce lueur chaude.

— Tu parles aux morts. Tu parles toute seule. Tu penses qu'il l'a tuée à 4 heures. Tu files un mauvais coton, ma petite, comme dirait Yvonne. Du moment que ça reste entre nous, ta réputation reste intacte.

Son regard un brin amusé se détourna des chers disparus. Les yeux grands ouverts, elle fixa les premières lueurs du jour naissant.

— Oui ! s'exclama-t-elle. Allons le soulever ce putain de monde !

Dans la pièce aux meubles patinés, les bougeoirs avaient remplacé les ampoules électriques. Les flammes vacillantes et le parfum de cire contribuaient à créer une atmosphère intime, propice.

— Dis-moi… Tu aimes quand je te caresse comme ça ? demanda-t-elle.

Son regard énamouré lui répondait, mais elle attendait exprès. Elle voulait qu'il la supplie et c'est ce qu'il fit :

— Continue, souffla-t-il.

La main glissa sur son ventre, s'y attarda.

— Plus bas… encore plus bas, dit-il véhément.

— Et là, c'est assez bas ou tu en veux encore ?

La main avait emprisonné son sexe dans un fourreau de velours. Les doigts agiles frôlèrent ses cuisses et il gémit d'impatience.

— J'en veux encore, gémit-il.

Ses sens exacerbés n'avaient plus qu'un but : le plaisir à n'en plus finir.

À cet instant, il sentit un pincement lui percer l'aine et son désir retomba, stoppé net. Il poussa un gémissement, de douleur cette fois. Il ouvrit les yeux.

— Tu allais jouir, je t'ai vu ! lança-t-elle, furieuse. Qu'est-ce que je t'avais dit ? Tu attends. Tu ne sais pas attendre depuis le temps qu'on joue ?

Elle pinça de nouveau l'endroit de la cuisse où la chair était la plus fine et marquée de bleus. Elle le couva d'un regard empli de déception.

— Pardon, maman, balbutia-t-il, les larmes aux yeux. Je ne recommencerai plus.

Elle s'écarta de lui et s'éloigna sans lui répondre ni lui jeter un regard.

— Faites-les jouer au domestique et à la princesse, lança une voix d'homme dans l'assemblée. Où est Alice ?

— Je suis là, dit la fillette sagement assise, près d'un guéridon.

Elle était prête : elle avait revêtu la jolie robe que sa mère avait repassée le matin même.

— Nous voulons le domestique et la princesse ! clamèrent en chœur plusieurs voix.

— Alice, rejoins Claude sur le canapé et commencez, lui ordonna M. Le Gloaguen d'un ton ferme.

— J'ai mal à la tête, papa. Je suis fatigué, dit le garçonnet d'une voix fluette.

Elle revint à pas feutrés près de lui, caressa doucement son front.

— Pourquoi tu veux faire de la peine à ta maman qui t'aime tant ? Tu ne m'aimes plus ?

— Si je t'aime, maman. Je t'aime plus que tout au monde. Je t'aime pour toujours.

— Alors, prouve-le, mon amour, fit-elle d'une voix tendre. Joue avec Alice. Regarde comme elle s'est faite belle pour toi, ce soir ?

Elle désigna la fillette qui, sur un signe de sa main, pivota sur elle-même en faisant voler autour de ses cuisses sa robe en dentelle blanche et le nœud en satin rose noué dans ses cheveux blonds.

Des murmures appréciateurs fusèrent de la pénombre.

Il scruta les formes à peine distinctes qui se dessinaient au fond du salon, créant un demi-cercle éclairé par les flammes chétives.

Comme il ne bougeait pas, la voix douce devint soudain coupante, sèche comme un coup de trique :

— Joue maintenant, t'as compris ! Vas-y. Sinon tu sais ce qui arrive aux petits garçons qui ne sont pas gentils avec leur maman ?

Elle poussa les deux enfants l'un contre l'autre, et la robe blanche tomba aux pieds de la petite fille.

Il tendit la main vers le ventre bombé, offert nu.

— Mais qu'est-ce que vous faites, Claude ? ! Qui vous a autorisé ces familiarités, espèce de malotru ? !

La gamine le tançait avec aplomb. Elle se tenait face à lui, jambes écartées, mains sur ses hanches à peine formées ; elle avait écarquillé les yeux, exactement comme le ferait une poupée.

— Vous perdez la tête, mon ami ? ! poursuivit-t-elle sur un ton exagérément outré. Partez immédiatement ! Vous êtes congédié !

Elle lui cracha au visage ; saisissant un morceau de chair entre ses ongles peints, le pinça jusqu'au sang.

Il mit un genou à terre.

— Princesse, ordonnez et je vous obéirai aveuglément. Vous êtes si cruelle, si adorable. Je suis votre esclave à jamais !

— Stop ! Arrêtez… Alice, c'est parfait. Mais toi, c'est lamentable. Claude, tu ne mets pas le ton. On n'y croit pas. Fais un effort, espèce de fainéant ! C'est pourtant pas difficile à comprendre, espèce de petit saligaud ! On te demande de mettre le ton !

Son père qui avait bondi de sa chaise le frappa sur la tête avec son anneau en argent orné d'une pierre noire, brillante.

— J'ai froid. J'ai peur. S'il te plaît, maman, dis-lui de me laisser tranquille. Dis-leur de me laisser retourner dans ma chambre.

Il se précipita vers sa mère et se tint blotti contre elle. Il sentait la douce chaleur de son ventre qui l'enveloppait comme un baume. Rien ne pouvait l'atteindre tant qu'il resterait serré contre ce ventre, cette enveloppe où toute angoisse disparaissait comme par magie. Il en était convaincu. Quand elle voulut le détacher, il s'y cramponna.

Elle le repoussa violemment. Il tomba.

— Arrête avec tes jérémiades ridicules ! T'aurais moins froid, si tu bouffais ce qu'on te sert ! Mais monsieur a jamais faim, monsieur est toujours malade. Regarde-toi avec ton radis qui pend comme une nouille ! Quelle misère ! (Elle soupira.) Mais pourquoi j'ai accouché d'un gosse aussi con ? ! Tu me diras, je pensais pas que tu vivrais… Mais puisque t'es là, ton père a raison, fais un effort putain de merde ! Sers enfin à quelque chose !

— Laisse-le-moi, je vais m'en occuper de ce petit sagouin ! On va aller tous les deux dans mon atelier, et je vais lui apprendre à…

— Mais non, c'est un gentil petit, coupa-t-elle. Il a toujours obéi à sa maman qui l'aime, n'est-ce pas mon chéri ? susurra-t-elle en reprenant un ton mielleux. Tu n'as rien à craindre, mon petit amour, ta maman est là. Elle sera toujours là pour toi.

Elle lui caressa les cheveux, l'embrassa, sécha ses pleurs. Il était enivré par son parfum capiteux, par la douceur de ses longs cheveux qui tombaient en grappes sur ses maigres épaules d'enfant.

— Allez, retourne près d'Alice. Va jouer avec ta princesse. Et laisse-toi faire, hein, mon chéri ? Nos amis s'impatientent. Tu ne veux pas qu'ils s'en aillent sans avoir joué, eux aussi. Tu ne veux pas me décevoir ?

— Non maman, affirma-t-il avec conviction.

Il revint près d'Alice.

— Ma princesse, ma déesse, laissez-moi vous admirer. Vous êtes si belle que même la lune ne peut éclipser votre beauté lumineuse.

Il s'agenouilla à hauteur de son pubis, son visage touchait la chair renflée du ventre juvénile, palpitant et doux comme de la soie.

— Regardez-moi ça, le petit radis s'est enfin réveillé ! Claude, mon petit radis chéri, montre à maman de quoi tu es capable. Maman est si fière de toi !

À ces mots tant attendus, il jeta un regard soumis, empli d'un amour inconditionnel vers sa mère qui se tenait debout devant une vitrine au contenu éclairé par la lueur vacillante d'une flamme. Il y voyait la collection de pierres de son père briller derrière la vitre nettoyée, immaculée.

— Vous nous les prêtez ? On voudrait bien participer un peu, nous aussi.

— D'accord, lança Mme Le Gloaguen, mais aux conditions et aux tarifs habituels. Que des godes pour les gamins, rien d'autre ! Vous connaissez le règlement… Je veux pas voir de bites là-dedans, OK. C'est clair, messieurs ? Le premier qui la fourre est exclu. Pour vous, mesdames, les doigts sont permis. Et comme d'habitude, Jean-Baptiste et moi, on filme pour égayer nos longues soirées d'hiver. Parce qu'on s'emmerde carrément, l'hiver, dans ce trou !

Elle eut un rire gras et rejeta une mèche de ses longs cheveux dorés en arrière.

Chapitre IX

— C'est elle qui me harcèle et qu'arrête pas de me faire chier avec ses putains de gosses qui braillent comme des porcs qu'on égorge ! C'est à cause d'elle que ma femme m'a quitté !

— Salopard ! Putain de saloperie ! Elle t'a quitté parce que tu buvais comme un trou et que tu me baisais quand elle allait chercher ses gniards chez sa sœur ! C'est moi qui lui ai tout dit, et c'est bien fait pour ta sale gueule d'alcoolo de merde ! C'est toi le porc, voilà ce que t'es ! T'es qu'un sale porc de merde !

La femme qui portait un bracelet en quincaillerie se jeta sur l'homme, mais ce dernier la saisit à la gorge.

— Je vais te crever la couenne, salope ! J'en ai marre de toi et des saloperies qui sortent de ta gueule qui pue la merde !

Elle lui cracha au visage.

— C'est pas fini, ce bordel ! tonna le brigadier Macchiato.

C'était sa matinée de service à l'accueil du commissariat de Gentilly où depuis 6 heures du matin, c'était un défilé incessant. Il prit une pastille dans une soucoupe pour se clarifier la gorge.

— Madame, vous portez plainte ou pas ? On n'a pas que vous à s'occuper. Vous voyez la queue sur le banc, là-bas ?

Le brigadier désigna les personnes assises en rang d'oignons dans le minuscule hall du commissariat.

— J'en vois des queues ! J'en vois tout le temps ! Je te bricolerais bien la tienne, mon joli ! T'es un beau gars, toi ! T'es pas comme ce putain de sale porc !

Une sirène de police retentit, suivie d'un claquement de portières. Trois officiers firent leur entrée, encadrant une jeune fille menottée.

— C'est qui celle-là ? demanda le brigadier. Je l'ai jamais vue.

— C'est une petite nouvelle, une débutante, lui répondit sa collègue. Avance.

Joignant le geste à la parole, le lieutenant Nicole Bouvier poussa brutalement la délinquante dans le couloir.

— Me touche pas avec tes doigts, grosse pute !

— Ferme ta gueule, et avance ou je touche avec mon pied au cul… ! On l'a ramassée au coin de l'avenue Thorez avec un cocktail de NPS ! Elle dealait dans le secteur du Mia. On l'a embarquée avant que les autres la démolissent. Vu son état, elle a commencé à taper dans sa marchandise !

— Dealer, c'est un métier, grosse bouffonne ! lança une voix féminine depuis le banc.

— Je m'en bats les couilles de ton métier, espèce de grosse connasse ! lança la menottée sans savoir à qui elle s'adressait précisément.

— Pour qui c'est un métier, dealer ? Qui vient de dire ça ?

Les officiers de police scrutèrent les visages soudain impassibles des personnes installées sur le banc. Tous fixaient un point invisible, à l'horizon.

— Le porc, y m'a collé un taquet ! hurla la femme dont le bracelet s'était cassé sous le coup porté par l'homme.

— Tu peux te le fourrer dans le cul, ton bracelet de merde, salope ! hurla-t-il.

— Foutez-moi ces deux-là sur le trottoir ! Je veux plus les voir ! Foutez-moi le camp, vous avez compris… ! Suivant ! tonna Macchiato.

Une femme s'approcha, sa joue et son cou étaient tuméfiés. La sonnette retentit. Le brigadier décrocha l'interphone. Puis il appuya sur le bouton d'entrée. Le nouveau venu s'approcha en titubant du guichet, bousculant violemment au passage celle qui le précédait :

— Pousse-toi de là ! gueula-t-il. J'ai une déclaration urgente à faire. Une déclaration d'une très… très haute importance.

— Je t'ai laissé entrer pour que tu te mettes sagement dans ton coin habituel, mais tu fous pas le bordel sinon je te vire ! Tu t'assieds là, Momo, et tu mouftes pas !

Momo – un ancien chef d'atelier de chez Michelin, licencié et devenu SDF alcoolique à temps plein – était un familier des locaux. Le gars, inoffensif, était toléré par les policiers qui l'hébergeaient en journée, le temps qu'il cuve son vin et reparte vers un bar.

— Chef, je suis pas à jeun, mais… mais j'ai un truc très important à dire. Vous êtes mes anges gardiens tous ici, et je vais vous… vous aider ! J'ai vu quelque chose d'important. J'étais l'autre nuit – je sais plus bien laquelle – sur le terrain vague où je dors, et j'ai vu un mec qui portait un truc dans un chiffon. Je l'ai vu comme je vous vois, chef ! On aurait dit un ca… un cadavre ! Un zom… Un zombie, chef !

Des rires fusèrent depuis le banc.

— Ah oui, et il était comment le zombie ? demanda le brigadier avec un sourire indulgent.

— Il était très grand et fort comme un boucher. Avec la… la lune, j'ai vu son visage de démon tout blanc avec… avec un grain de beauté noir sur la joue. Le signe du dé… du démon, chef ! Y portait un truc lourd, c'est sûr ! Je l'ai pas suivi. J'avais les flubes.

Momo eut un hochet enveloppé d'un relent de gros rouge.

— T'es sûr que tu inventes pas tout ça pour avoir une bouteille ? T'en auras pas, tu le sais ? T'en as jamais eu, ici.

— Je sais… Je veux bien un ou deux euros pour m'acheter un sandwich.

Le brigadier Macchiato eut une nouvelle mimique entendue. Il sortit une fiche d'un classeur, nota la date « vendredi 4 mars » et l'heure affichée sur la pendule dans le hall « 8 h 30 » puis il décrocha son téléphone et le reposa aussitôt. Le commissaire Dugain – qu'il essayait de joindre – venait de faire irruption dans le couloir. Le brigadier se leva et le rejoignit afin de lui exposer brièvement les faits.

— Je crois qu'il raconte pas de salades, patron, termina-t-il. Momo sait pas ce qu'on a retrouvé sur le terrain vague. Il est pas au courant. Si ça se confirme, son témoignage pourrait être important pour l'enquête en cours. Les gars de la CISAC et leur patronne pourraient bien nous offrir une tournée après ça. Qu'est-ce que je fais ? J'appelle Bouvier pour qu'elle enregistre sa déposition ?

— C'est quoi ces conneries, Macchiato ? ! Tu vois pas que ça pue la merde à plein pif, ton témoin ! Il a vu un type sur le terrain la nuit, comme moi j'ai vu la chatte de ma femme ! Encore une belle salope, celle-là ! Elle l'a montrée à tout le commissariat, mais à moi, pfuit, macache walou maintenant ! Tu l'as vue, toi, Macchiato ?

Le brigadier Macchiato piqua du nez, gêné. Sans attendre la réponse, le commissaire Dugain désigna le SDF qui s'était sagement assis dans son coin habituel.

— Fous-moi ça à la porte ! Y en a ras le cul de ces déchets sur pattes !

— Mais patron…

— Putain, mais quoi ? ! T'es sourdingue ! Faut que je fasse tout moi-même, putain !

Dugain se précipita sur l'alcoolique tassé sur son siège, le souleva par le col sale de son t-shirt troué et le traîna jusqu'à la porte pour le jeter sur le béton, hors de la bâtisse. L'homme, hébété, mit la main à son front qui saignait.

— Décarre vite fait, espèce de chienlit, et que je te vois plus traîner par ici ou je te fous au placard !

Le brigadier Macchiato qui avait regagné son poste, prit la fiche remplie, la froissa et la jeta dans la corbeille.

Au siège de la CISAC à Montreuil, la pendule accrochée dans la salle principale indiquait 8 h 30 précises. Sous la pendule, debout entre les deux tableaux couverts d'inscriptions au feutre et de photos liées à l'enquête en cours, la commissaire divisionnaire Nathalie Tréguière se tenait face à ses troupes. Personne parmi les membres de l'équipe rapprochée ou de l'annexe ne manquait à l'appel. Kong se trouvait à ses côtés, prête à exposer le fruit de ses recherches. Elle avait passé la nuit dans la salle informatique. Ses traits ne montraient aucune trace de fatigue. Seuls ses yeux, un peu rougis, témoignaient des heures passées devant les écrans qui meublaient son antre.

— Je me suis bien cassé le cul, mais j'ai fini par dégotter deux ou trois trucs qui vont nous permettre d'avancer. Je commence par le négatif : j'ai rien sur des meurtres similaires avec le bide ouvert et les tripes envolées. Par contre – et c'est le positif –, j'ai plusieurs disparitions de jeunes femmes signalées et non résolues. Il y a des similitudes que Marcus et moi, on juge troublantes : même âge autour de la trentaine, très blonde avec de longs cheveux bouclés volumineux, un visage avec des traits assez laids et assez vulgaires, un corps remarquablement proportionné. Ça pourrait sembler banal, mais toutes les disparitions de ces femmes – j'en ai répertorié une trentaine – ont toutes eu lieu en Bretagne dans le Morbihan, il y a une vingtaine d'années, sauf une, signalée il y a exactement trois jours, le 28 février au commissariat d'Arcueil dans le 94.

Le tableau numérique affichait une mosaïque de visages et de corps de femmes presque toutes identiques.

— C'est des clones, les meufs ! dit Bastien, abasourdi. T'as raison de frimer, t'as fait un boulot de forçat, ma jolie !

— Et comme dirait le ninja, j'ai gardé le meilleur pour la fin.

Le lieutenant Qong Cheng fit un pas en avant, appuya sur le clavier d'un ordinateur posé sur une des longues tables en verre, disposée face aux tableaux. Puis elle s'installa confortablement dans un des sièges.

— Voilà. Qu'est-ce que vous dites de ça ? ! lança-t-elle triomphante. Ça vous en bouche un coin ! La femme qui a disparu dans le 94 est au centre, près du cliché du cadavre sur le terrain vague. Moi je dis qu'y a de fortes chances que ce soit elle !

Le zoom effectué sur le centre de la mosaïque montrait nettement les deux visages.

— Tu prends pas un gros risque en disant ça vu qu'elles ont toutes les deux la même gueule et les mêmes proportions, remarqua Donatien. Tu l'as eue où, la photo ?

Il fixait le cliché où une frêle silhouette de jeune femme avec une poitrine avantageuse et des jambes interminables prenait la pose sur un port, devant des bateaux de pêche. Le soleil éclairait sa splendide chevelure blonde tombant en boucles sur ses épaules.

— La cherche pas, Donuts, le prévint Charlie à voix basse. Elle a pas dormi de la nuit, la hyène.

— J'ai eu la photo par le commissariat d'Arcueil, répondit calmement Kong qui avait entendu la remarque. Le mari leur a laissée quand il est venu faire la déclaration de disparition.

Un lourd silence suivit. Tous les regards convergeaient vers la photo du cadavre éventré.

— C'est qui, la victime de ce salaud ? demanda Jasmine d'une voix sourde.

— C'est Christine Filippi, répondit froidement la commissaire divisionnaire. 32 ans, Française d'origine italienne, lieu de résidence Arcueil. Mariée à Antonio Filippi, mère de deux enfants. Le mari a signalé la disparition de sa femme, le 28 février au soir au commissariat. Si on part sur l'hypothèse de Batman avec une séquestration prolongée, notre tueur a très bien pu la larguer sur le terrain dans la nuit du 2 au 3 mars. Elle a quitté le supermarché où elle travaillait comme caissière, le mardi 28 février à 20 heures. Personne ne l'a revue depuis.

Il y eut un nouveau silence. Les visages tendus vers les clichés affichés sur le tableau exprimaient la même volonté farouche de voir aboutir le travail d'investigation lancé la veille. Un jour seulement s'était écoulé, mais depuis, chaque membre de la CISAC avait œuvré sans relâche, si bien que tous avaient le sentiment qu'ils travaillaient sur cette enquête depuis une semaine. Leur unique but : arrêter le tueur avant qu'il ne commette son prochain crime était et resterait jusqu'au bout leur priorité absolue.

— Putain de tueur de ventres, murmura Kong au bout d'un moment. Deux gosses, elle avait deux gosses, répéta-t-elle entre ses dents serrées. Putain d'ordure ! Je te souhaite de crever avant que je te retrouve !

La patronne la considéra un bref instant. Son équipière avait soudain les traits tirés comme si la fatigue de la nuit lui tombait brusquement dessus.

— T'as pas l'air très fraîche, lui lança Charlie, moqueur. C'est rare. Tu devrais aller te chercher un café. Tu l'as bien mérité.

— C'est du beau boulot, Kong, confirma la patronne. Charlie a raison, va te faire un café.

— J'en ai avalé des litres toute la nuit, mais je peux en boire un de plus. Qui en veut ?

Plusieurs mains se levèrent. Kong sortit de la pièce. La cuisine se trouvait au fond du couloir sur la gauche. Une large baie vitrée ouvrait sur le jardin. Elle prit une inspiration. Tout était prévu ici pour manger un morceau sur le pouce ou savourer un moment de détente autour d'un repas pris en commun. Les officiers de la CISAC appréciaient ces instants où ils se retrouvaient tous ensemble autour d'une table. Même en plein cœur d'un cyclone comme ils en connaissaient régulièrement, la tension se relâchait durant quelques minutes. Ces instants partagés les liaient les uns aux autres. C'était le ciment où il puisait leur énergie, leur résistance face à l'horreur qu'ils côtoyaient trop souvent.

Le lieutenant confectionna les cafés, remonta le couloir prestement avec le plateau chargé, sans renverser une seule goutte du breuvage revigorant.

— Sinon j'ai peut-être du nouveau sur le caillou, entendit-elle en pénétrant dans la salle de réunion.

Ces mots, prononcés par la commissaire divisionnaire, provoquèrent un remous dans l'assemblée.

— Kong pose ton plateau et montre-nous le caillou trouvé dans le ventre.

Le lieutenant obtempéra pendant que les tasses circulaient.

— Fais un zoom grand large.

La photo de la pierre envahit brusquement toute la surface du tableau numérique.

— J'ai consulté un tailleur de pierre, poursuivit Tréguière, et il se pourrait que cet objet soit une « hache ». Je vais vous montrer ce qu'il m'a envoyé. La ressemblance est frappante.

Tous les regards reflétaient une profonde stupéfaction. Enfin, presque tous, car ceux de Kong et Marcus restaient impassibles.

— Une « hache » ? martela une voix, dubitative.

— Oui, confirma Tréguière. La « hache » était un outil dont se servaient les hommes préhistoriques pour tous leurs usages quotidiens. Il s'agissait d'un silex taillé, un biface qu'ils utilisaient à la fois pour assommer, tailler, découper, racler, creuser, percer… Bref, un outil à tout faire !

— Le couteau suisse préhistorique, lâcha Donatien, assez content de lui.

— Si tu veux. En tout cas, j'ai joint Batma, et il confirme que cet objet aurait parfaitement pu servir à éventrer et assommer la victime. La différence entre le caillou qu'on a retrouvé dans le ventre et les « haches » qu'on a dénichées sur des sites archéologiques, c'est la façon dont l'objet a été travaillé. Montre-nous un biface, Kong.

Aussitôt le panneau fut divisé en deux. Dans la partie gauche, le caillou retrouvé dans le ventre ; dans la partie droite, un silex. Les objets de même taille – en forme de goutte tous les deux – avaient un côté effilé, tranchant ; et un côté rond, contondant.

— La différence, c'est les petites encoches pratiquées sur le silex préhistorique. On constate un travail minutieux. À chaque entaille correspond un éclat de pierre qui a sauté. Le caillou du tueur est plus rudimentaire, plus grossier. C'est une vulgaire copie de l'outil original.

— Ils étaient pas si cons que ça, nos ancêtres, commenta Bastien, admiratif.

— Le ninja avait raison, une fois de plus, ajouta Marcus en hochant la tête. Ce caillou a bel et bien été façonné par l'homme, et pas du tout par la nature. Maintenant pourquoi le tueur se serait servi d'un tel outil ?

— C'est sûr que t'as plus vite fait d'aller acheter un couteau de cuisine, dit Jasmine.

Le ninja qui fixait le caillou avec une attention redoublée, précisa :

— Tu te fais moins chier, c'est sûr… Et même une copie, moi je dis que ça doit être long à fabriquer. Y a du boulot là tout de même, ça saute aux yeux.

Plusieurs murmures approbateurs parcoururent la salle.

— Éventrer avec un caillou préhistorique, putain, faut avoir le vice dans la peau ! dit Kong.

— Bon, c'est une hypothèse, une piste à suivre, termina la patronne en coupant court aux commentaires. Pour le moment, on n'a rien qui recoupe, mais on ne sait jamais… À propos de cailloux, Donat et Marcus, vous allez fouiner sur les bords de Marne. Kong, tu leur files les plans que tu as imprimés, avec les baraques repérées. Charlie, Jasmine, Kong, vous allez faire un tour dans le supermarché où bossait la victime, et vous vous rendez à son domicile. Bastien, tu vas voir le mari. Domi tu restes à l'annexe, tu mets tout le monde sur le coup et tu centralises.

— La Marne, on y va sans vous, patronne ? demanda le ninja, un peu étonné.

— Faut que je rende visite à Dugain et que je retrouve Montansier qui donne une conf de presse à 11 heures. Il a exigé ma présence. J'aime mieux vous prévenir, on est sur la sellette.

— Sur la sellette ou sur un siège éjectable ? dit Marcus.

Tréguière eut son petit sourire.

— Il aurait pu fermer sa gueule, pour une fois, ce con, dit calmement le brigadier Dominique Verne.

— Tu parles de qui… du préfet ? commenta Bastien, ironique.

— Je parle de Dugain, idiot !

— Bon. On va pas épiloguer, dit sèchement la commissaire divisionnaire. Au boulot ! C'est parti ! On refait un point ici à 15 heures.

— Courage patronne, lancèrent-ils en chœur, sans s'être concertés. On est avec vous.

— Je sais, fit-elle. Allez-y. Je m'occupe du reste.

L'assemblée s'apprêtait à lever le camp lorsque le brigadier Hector Padoue fit son entrée. Il marcha directement vers l'endroit où se tenait Nathalie Tréguière.

— C'est pour vous, patronne, dit-il en lui tendant une enveloppe blanche fermée. Y a pas de timbre, pas d'adresse. Y a juste votre nom écrit à la main. C'est un gosse sur un scooter qui l'a déposée à l'instant, à la guérite.

Tout le monde s'immobilisa.

Tréguière saisit le courrier qui était effectivement clos, avec marqué dessus en grosses lettres tracées au feutre noir : « *À l'attention de Madame la commissaire divisionnaire, Nathalie Tréguière* ». Il n'y avait pas une seule faute d'orthographe et aucun nom d'expéditeur. Elle l'ouvrit. Il s'agissait d'une courte lettre écrite à la main qu'elle parcourut rapidement et replia en jetant un bref coup d'œil à la pendule. Son visage portait le masque connu de tous, celui d'une détermination sans faille.

— Changement de programme, annonça-t-elle. Charlie, Jasmine, vous faites comme prévu. Marcus, Donat, Kong, allez-vous équiper léger – avec gilet pare-balles, précisa-t-elle. Je vous rejoins. Départ sur site dans 10 minutes. On prend la BM. On est en code 5.

Les visages se figèrent. Dans la seconde suivante, tous avaient quitté la salle de réunion. À la CISAC, le « code 5 » équivalait à une urgence vitale absolue.

Chapitre X

— Bonjour, madame la commissaire principale.

— Bonjour Butacar. J'ai bien reçu votre mot.

Dans la lettre que Dumitru lui avait envoyée ce matin, il l'informait qu'un habitant du camp, un pêcheur, avait remonté un bout d'intestin pris dans l'hameçon ; en longeant la berge en amont, il avait repéré des traces de pas qui venaient d'une maison avec un jardin sur la rive. Butacar concluait son courrier par cette phrase : « *Le pêcheur ne veut pas vous parler, mais moi, je vais vous montrer la maison.* »

— Vous êtes sûr de ne pas vous tromper ? C'était un bout d'intestin ?

— Oui. J'en suis sûr et certain. Il a d'abord cru qu'il remontait une anguille morte, mais moi, je sais identifier les intestins d'un être humain sans aucun doute possible. Ça ressemble à de la dentelle.

Dumitru Butacar la fixa droit dans les yeux.

— Vous avez eu raison de prendre vos précautions, dit-il en désignant le groupe de policiers, cagoulés et vêtus de noir. Vous avez rendez-vous avec le diable.

Avant de partir du siège, ils étaient tous passés par l'armurerie. La pièce sécurisée, située en face de la salle de réunion, contenait l'ensemble des équipements et des armes réservés au groupe d'intervention. Revolvers, pistolets, fusils à visée laser, carabines de précision, lunettes infrarouges, gilets pare-balles : le matériel léger était accroché dans trois cages en fer verrouillés par un code. Le matériel plus lourd se trouvait à l'abri, dans deux coffres blindés. Des appareils de transmission, d'enregistrement et de photographie à distance venaient compléter cette panoplie, à la hauteur des prouesses attendues par la CISAC.

— Je compte sur vous, Tréguière, avait dit le préfet, averti juste à temps des derniers rebondissements. Ne me décevez pas.

Après avoir lu la lettre, la commissaire lui avait téléphoné brièvement. Après l'avoir entendue, Montansier avait repoussé la conférence de presse. Elle s'était ensuite dirigée vers l'armurerie pour rejoindre ses équipiers. En plus de son Glock 19, elle avait choisi au cas où, un Sig-Sauer P226. À la CISAC, en cas d'intervention en code 5, chacun avait ses armes préférées, adaptées à ce code d'intervention particulier. La patronne leur avait rapidement décrit la situation : il s'agissait d'un déploiement qui se ferait en milieu naturel puis en milieu confiné.

Juste avant qu'ils n'embarquent tous les quatre dans la BMW avec Kong au volant, Hector leur avait confirmé que le temps resterait au beau. Le lieutenant Qong Cheng, formée spécialement à la conduite rapide, avait démarré dans un nuage de poussière en éjectant des graviers jusque sur les marches. Elle avait roulé pied au plancher jusqu'au lieu du rendez-vous où Dumitru Butacar les attendait, seul, assis sur un tronc d'arbre près de la cabane du loueur de barques qui était absent.

Quelques instants plus tard, la CISAC glissait silencieusement sur la rivière. Butacar, à l'avant d'une autre embarcation, les guidait par gestes.

— Votre diable est ici, dit-il à voix basse, tandis qu'ils accostaient. Sa maison est en haut, cachée derrière les arbres.

Il désignait une grille en bordure du chemin de halage.

Nathalie Tréguière avait débarqué en premier. Elle se tenait face à lui, ses yeux rivés sur ceux de Butacar, elle déclara fermement :

— Ça va s'arrêter avec le commissaire Dugain. Je vous en donne ma parole d'honneur.

— Je ne le fais pas pour obtenir une faveur en échange. Je le fais pour rester un être humain. J'en ai parlé avec Macha, et c'est bien comme ça. Vous, madame la commissaire, vous respectez les autres donc vous méritez le respect… Vous êtes un être humain. Au revoir. Bon courage.

Il remonta dans la barque, hésita puis ajouta :

— Ma mère a été éventrée parce qu'elle avait dénoncé ceux qui avaient kidnappé sa sœur et deux enfants du village. Ils prenaient nos filles. Ils prenaient nos garçons et ils les envoyaient dans d'autres pays pour les enfermer, les prostituer. Cela continue de nos jours. Face au crime, le silence est notre diable à tous, madame la commissaire divisionnaire.

« Il fait beau, la grenouille avait raison », songe machinalement Kong qui se faufile tel un chat, parmi les herbes folles.

Depuis qu'ils ont franchi la grille de la propriété – curieusement restée ouverte –, le groupe progresse sans échanger un mot. La végétation sauvage ne les freine en aucune façon. Ils avancent à grandes enjambées souples, en ligne, armes au poing. Autour d'eux, tout est étrangement calme. Seul le vent qui s'est levé en agitant les branches des grands arbres, vient troubler le silence par un bruissement continu, obsédant.

La demeure se dresse devant eux, noyée dans un désordre de verdure luxuriant. Tréguière franchit sans hésiter les marches du perron et frappe plusieurs coups impératifs contre la porte en bois. La porte doit être épaisse ou très bien isolée, songe-t-elle, parce que les coups résonnent comme étouffés, sans aucune réponse. Elle appuie fermement sur la poignée : la porte s'ouvre sans difficulté. L'un après l'autre, ils entrent dans la maison. Une vaste pièce s'ouvre devant eux ; de lourdes tentures encadrent les hautes fenêtres ouvrant sur le jardin. Tout est silencieux.

Ils traversent rapidement la pièce. En un dixième de seconde, le commandant Henri Donatien enregistre automatiquement chaque détail et chaque objet présent. Tout ici est propre, rangé, et témoigne d'un luxe mis en évidence. Le ninja remarque au passage un meuble vitré dont il note le contenu : une collection de pierres ressemblant à des « haches », des bagues ornées de pierres précieuses, des statuettes. Posée sur la vitre, il a également vu la photo avec le couple devant les pyramides d'Égypte. Il a également vu le petit garçon entre les deux parents, blotti contre le ventre de la femme. Il a vu la belle silhouette vêtue d'une robe élégante, et la grande laideur du visage de la femme. Il a vu la plaque de remerciements du musée du Caire, gravée au nom de M. Jean-Baptiste Le Gloaguen de Kerkadec.

Un tapis moelleux amortit encore davantage leurs pas de loup. La patronne, à quelques mètres devant lui, pousse une porte laissée entrouverte. Rien. C'est une salle de sport avec un équipement complet. Au rez-de-chaussée et à l'étage, rien. Partout où ils vont, toutes les portes sont entrouvertes : toutes les pièces sont désertes.

Donatien fait un signe et montre une porte derrière un escalier, fermée celle-là : ils s'immobilisent. Un bruit lointain leur parvient qu'ils identifient sans aucun doute : il y a de l'eau qui coule en continu et ce murmure provient du sous-sol. Les muscles des visages sont tendus, les phalanges se resserrent. Le groupe descend rapidement les marches qui mènent à une cave. Le sol en terre battue est propre, lui aussi. Les murs disparaissent sous des plaques garnies d'outils. Les étagères accueillent tout le matériel d'un bricoleur averti : pics métalliques, pieux, pinces, vêtements imperméables, perceuses, tronçonneuses, masques respiratoires, bouteilles d'oxygène et d'acétylène.

Le ninja montre à ses équipiers le soupirail fermé.

— Y a pas de voisins, et pourtant, c'est insonorisé par un triple vitrage, dit-il en rompant le silence. Y a plus d'électricité, ajoute-t-il en montrant des fils coupés… On est chez lui, patronne.

Ils ôtent leur cagoule, inspirent. Dos à dos, ils forment un cercle parfait où chaque arme reste pointée sur un coin de la pièce.

— Il nous a menés en bateau, ce connard, lance Kong, furieuse. Il s'est barré avant qu'on arrive !

— Vous avez vu la vitrine en haut ? On est chez un putain d'archéologue ! lance le ninja.

Il se tient droit, jambes écartées. Son regard perçant scanne la pièce du sol au plafond, à la recherche du moindre indice.

— Je dirais même qu'on est chez un égyptologue, rectifie Marcus.

Nathalie Tréguière se tait. Elle observe, écoute le bruit de l'eau qu'on entend de plus en plus nettement.

— Oui, on est chez lui, prononce-t-elle en se parlant à elle-même. Et il est là, quelque part. Je le sens. Il n'est pas loin.

Dans la cave à peine éclairée par la lueur du jour qui filtre par le soupirail, la tension est palpable.

— Regardez. Y aurait un truc derrière ce panneau que ça m'étonnerait pas, dit Donatien. Oui, c'est ça, voilà ! dit-il en commençant à gratter. Y a comme une légère fissure. Et regardez, y a comme des traces de boue sèche. C'est infime, mais en mettant le nez dessus, on peut pas la rater. Pourquoi y aurait de la boue sur ce panneau ? En arrivant, j'ai vu que le jardin était pas entretenu, donc personne met les mains dans la terre.

Il enfonce doucement un tournevis sur le côté afin de faire levier. Tous les yeux se tournent vers lui. La plaque garnie d'outils s'est légèrement décollée ; derrière, on aperçoit les contours d'une ouverture creusée directement dans l'épaisseur du mur. Le panneau qui en dissimulait l'entrée, il y a une minute à peine, aurait dû échapper à n'importe quel œil, mais pas à celui du ninja. Il donne un coup de pied dedans : le restant du panneau s'écroule d'un bloc. Une large excavation s'offre à leurs regards. La commissaire divisionnaire, Glock au poing, y pénètre la première.

— Merde !

Le cri a jailli du plus profond de son ventre. Marcus, Kong et Donatien entrés juste derrière elle, se sont figés. Une lampe portative, identique à une lampe de camping, éclaire faiblement un spectacle de cauchemar. Ça n'est pas tellement ce qu'ils voient qui les plonge dans l'horreur, mais ce qu'ils imaginent.

— Putain, c'est quoi ce bordel ! dit enfin Donatien sur un ton assourdi, lugubre.

Une table en pierre, creusée de rainures, occupe le centre de la grotte. Des sangles en cuir pendant dans le vide sont fixées sur les rebords par des anneaux en fer. Un caniveau, creusé dans le sol exactement sous le bord gauche de la table, conduit à un trou d'environ 15 cm. Tréguière s'en approche, se penche.

— C'était ça le bruit qu'on entendait de là-haut. C'est un ruisseau qui coule sous la maison, dit-elle simplement. Comme système d'évacuation, y a pas plus simple. Tu m'étonnes qu'on ait repêché un bout de tripes !

L'air est chargé d'une odeur qu'ils connaissent tous : celle du sang et de la mort. Au fur et à mesure que leurs yeux s'habituent à l'obscurité, ils distinguent un établi, des étagères. Il y a – soigneusement alignés sur l'établi – des cailloux similaires à ceux trouvés dans le cadavre ainsi que des pierres de grandeurs différentes, toutes taillées en forme de « hache ».

— Les voilà, les saloperies de cailloux de merde ! La voilà, l'arme qui lui a servi à éventrer ! Et pas qu'une fois, on dirait, vu le nombre de cailloux... Le voilà, ton putain de Petit Poucet ! dit Donatien à Marcus.

Le commandant Marc Antoine Songo ne répond pas. Il regarde fixement le mur devant lui, incapable de détacher ses yeux des masques et des étuis en cuir noir, tous minutieusement alignés, eux aussi, les uns à côté des autres. L'unique lampe les éclaire à peine, mais suffisamment pour distinguer les oreilles, le museau effilé, les petites dents inégales en pierre qui donnent aux masques un aspect terrifiant. Les étuis ont la forme d'un pénis recourbé et comportent deux longues lanières en cuir enroulées autour d'une coque, tels des serpents.

Le lieutenant Qong Cheng suit son regard.

— Les masques, c'est une tête de chacal, dit enfin Marcus. C'est Anubis, le gardien de l'Au-delà chez les Égyptiens.

— Et la coque, c'est un protège couilles, précise Kong. Les lanières, c'est pour attacher le gode autour de la taille. J'en avais encore jamais vu des comme ça, dit-elle en examinant les étuis tous recourbés à l'identique.

— Putain de merde !

La voix de la commissaire divisionnaire retentit pour la deuxième fois, fracassante.

Sur le mur à sa droite, plusieurs étagères sont remplies d'une trentaine de bocaux qu'elle considère avec une expression dure, totalement figée.

— En tout cas, personne risquait de repêcher les cœurs. Ils sont là ! Un cœur par bocal. Tu vois, il les a pas bouffés, comme tu pensais, dit-elle en se tournant vers Kong. Il les a soigneusement mis en conserve. Il a pas non plus bouffé les tripes. C'est pas son style. C'est un ogre sophistiqué. Il est encore là, dans cette maison, j'en suis certaine. On a dû rater un détail.

— Moi aussi, j'en suis certain, patronne, lâche Donatien en regardant autour de lui. Je le sens. Il est là, mais où ?

Tréguière fouille du regard l'espace autour d'elle. Ses yeux ont pris une teinte métallique.

— On reprend la fouille de fond en comble ! Allez, on s'y colle ! Kong, tu appelles Bourroux et ses gars. Tu leur dis de rappliquer vite fait. Tu viens Donat ? Qu'est-ce que tu fous ?

Le ninja, accroupi sous l'établi, palpe le sol du plat de la main.

— Il y a ici une plaque recouverte d'argile, dit-il en commençant à gratter avec un silex ramassé sur l'établi. Regardez.

Sans même attendre son signal, toute l'équipe s'est rapprochée. Plus il gratte, plus l'empreinte d'une grande dalle en bois se dessine, imprimée dans la terre.

— Prenez les outils, on va la soulever… Encore un effort, là, ça bouge !

La dalle soulevée bascula lourdement sur le côté. Tous les visages affichaient la même expression de stupeur. Le trou béant qui s'ouvrait sous leurs pieds était occupé par deux tombes ; deux cavités soigneusement séparées et entièrement garnies de pierres. La première contenait le corps d'un homme en pantalon et chemise blanche, élégamment vêtu comme pour une soirée. Le visage portait un des masques de chacal. Tréguière mit des gants et le souleva avec précaution. Au milieu d'un visage aux traits réguliers orné d'un grain de beauté en haut de la pommette droite, des yeux noirs, éteints, les regardaient fixement pour l'éternité.

— Il était beau gosse, cette ordure ! lâcha Kong.

— La beauté du diable, dit Marcus.

— Kong, rappelle Bourroux, et préviens Batman dans la foulée. Tu leur dis qu'ils rappliquent avec tout leur matos. Y a du boulot ! Ah oui, tu dis à Bourroux qu'il prévoit le frigo ! À mon avis, c'est tout frais, mais on va le mettre en conserve lui aussi, dit-elle en montrant le cadavre du tueur.

Elle reporta son regard sur le contenu de la deuxième tombe.

— Putain ! Je sais pas de quand ça date mais ça date, patronne ! lança Donatien qui cette fois n'avait rien trouvé d'autre à dire.

Tous eurent un mouvement de tête approbateur. Le silence avait envahi la grotte. L'eau s'écoulait sous leurs pieds, diffusant sa douce musique entêtante.

La commissaire divisionnaire ajouta froidement :

— Tu diras à Bourroux qu'il prévoit aussi un sarcophage pour une momie !

Chapitre XI

— Si tu m'aimes, ne me tue pas. Pitié ! Je ne suis pas ta mère, Claude ! C'est ta mère et ton père qui t'ont fait du mal. Moi, j'obéissais ! Alice Le Gloaguen de Kerkadec, c'était elle ta mère, tu t'en souviens ? Tu l'as tuée, tu m'as montré son cœur. Tu es vengé maintenant. Moi je suis ton amie, la fille des gardiens, Alice le Quéré, tu te rappelles de moi ? Moi je suis gentille avec mes enfants. Je suis une gentille maman. Je les protège. Je prends soin d'eux. Ils m'attendent à l'école. Ne me tue pas, Claude, je t'en supplie. Ils sont petits. Ils ont encore besoin de moi.

La voix de la jeune femme était devenue une douce supplication à laquelle n'importe quel être humain aurait dû succomber. Mais l'être à qui elle adressait cette supplique faisait-il encore partie du monde des humains ? Il ne semblait pas la reconnaître et elle ne semblait pas reconnaître pas celui qu'elle avait connu jadis.

— Claude, non ! Pitié ! Ne fais pas ça ! Pitié ! Pardon !

Un hurlement de désespoir, un cri ultime avait jailli de sa gorge. Folle de terreur, elle ne pensait plus qu'à une seule et unique chose : sauver sa vie. Mais l'homme masqué qui s'avançait vers elle tel un robot, une pierre dans sa main, ne l'entendait pas, ne l'entendait plus.

— Je t'aime, Alice. Je ne vais pas te tuer, répéta-t-il mécaniquement. Je t'aime et je vais te donner la vie éternelle. Nous finirons nos jours ensemble. Nous sommes inséparables. N'aie pas peur, mon amour.

La dernière chose qu'elle vit dans ce monde fut probablement la bague scintillant à la lueur de la lampe.

Il abattit son poing, écrasant le crâne et les longs cheveux blonds, bouclés. Il y eut un bruit mat et le silence se fit. Il posa la « hache » sur l'étagère puis il pénétra le corps inerte en imprimant des mouvements lents à son pénis gainé de cuir. Derrière les dents en pierre, une voix s'insinuait dans la grotte, laissant filtrer un flot de paroles au timbre doux et voluptueux :

— Par ce cœur pur que tu m'offres, par ces gestes sacrés, je nous réunis dans l'Au-delà. Je t'absous de tes mauvaises actions et je t'ouvre les portes qui mènent au royaume des morts promis à la vie éternelle. Par ces gestes sacrés, je partage mon pouvoir avec toi. Tu quittes les ténèbres pour régner à mes côtés sur les eaux du ciel infini.

Il se retira doucement, reprit la « hache » et ouvrit soigneusement le ventre par une incision sur le côté. Il laissa les entrailles se vider lentement sur le sol, couler avec le sang dans le caniveau. Il plongea la main et ôta le cœur qu'il plaça dans un bocal en verre. Il saisit un caillou, le déposa sur un des plateaux de la balance.

— Toi dont le cœur ne bat plus dans cette enveloppe terrestre et que je remplace par une pierre sacrée, navigue mon amour sur les eaux qui te conduisent dans la lumière au royaume des dieux.

Nathalie Tréguière appuya sur la télécommande ; l'image sur l'écran s'immobilisa. Elle balaya sa frange d'un geste nerveux.

— 4 heures du matin, dit-elle en montrant l'horaire affiché dans la vidéo.

— Ton intuition ne t'avait pas trompée, dit René.

— Sauf que c'était il y a quinze ans et sept mois, fit-elle en montrant la date. Elle est morte depuis plus de dix ans ! répéta-t-elle avec une véhémence soudaine.

René vit ses yeux virer au gris métallique.

— Pendant tout ce temps, elle était là, à quelques kilomètres d'ici, momifiée dans sa tombe en pierre avec un caillou à la place du cœur ! Désolée de t'imposer ça, mais il fallait que je revoie ces images avec toi. Je ne comprends pas comment tout ça a pu être possible, ou plutôt si, je comprends trop bien.

Assis près d'elle sur le canapé du salon, René fixait l'ordinateur posé sur la table basse, juste devant eux.

— Tu ne peux pas tout deviner, ma chérie. Tu ne peux pas être partout. La CISAC n'est pas infaillible, dit-il sobrement.

Il posa sa main sur la sienne.

— Montansier est satisfait. Tout le monde l'est ! Pourtant nous avons échoué. Il est mort. Marcus avait raison : il voulait qu'on le retrouve et il s'est empoisonné pour nous échapper. Il ne pourra plus répondre à nos questions ni apporter de réponses aux familles des disparues. Ces pauvres gens resteront à jamais avec leur chagrin, leur douleur… Les seuls qui pourront enterrer leur morte, c'est la famille de Christine Filippi. C'est le seul cadavre qu'il nous a laissé. Merde !

En disant ça, elle avait littéralement bondi du canapé.

— Quand je dis « le seul cadavre », je ne compte pas le sien ! On s'en fout ! Je compte pas non plus la momie, la seule, l'unique, grinça-t-elle. Bourroux et ses gars ont retrouvé des ossements enterrés dans son jardin et dans celui de la propriété familiale en Bretagne. Tout était à l'abandon. Personne n'était venu depuis des années ! Personne ne s'était inquiété de la disparition des parents. Personne ne s'était inquiété de rien ! C'est bien ça le problème de fond dans cette histoire. Une seule et unique momie, des tas de personnes disparues, mais personne en a rien à foutre de rien !

— À propos de momie, il a tout filmé ? demanda René en montrant l'écran.

Il y avait, à cet instant précis, dans la voix de cet homme assis à ses côtés, ce petit quelque chose de mystérieux qui l'avait séduite et qui la soutenait sans faille depuis leur première rencontre à l'École nationale de police.

— Oui. Tout, répondit-elle. Et il a pris soin de « tout » laisser en évidence pour qu'on ne rate rien, appuya-t-elle. Filmer, c'était l'usage dans la famille. On a retrouvé dans sa bibliothèque plusieurs vidéos tournées par ses deux parents, Alice et Jean-Baptiste Le Gloaguen de Kerkadec.

— La noblesse bretonne… ? Quel titre ? questionna René.

— On s'en fout de leur titre ! explosa-t-elle soudain. Oui, c'était la noblesse bretonne décadente, reprit-elle en lui jetant un bref coup d'œil. Le comte et la comtesse filmaient des scènes pornographiques où leur gamin et sa copine se faisaient pénétrer par des godes, par-devant et par-derrière. La copine s'appelait Alice, comme la mère… Même prénom, même physique, même corps de poupée avec un visage laid, d'une vulgarité extrême ; même longue chevelure blonde bouclée… Je suppose qu'on découvrira que toutes ses victimes connues avaient ça en commun, en partie tout du moins.

René eut une grimace de dégoût.

— C'est à vomir. Tu as raison hélas. Un titre de noblesse ne confère pas forcément la noblesse des sentiments ni la grandeur d'un individu, commenta-t-il.

— Mon pauvre chéri, tout le monde n'est pas François-René de Chateaubriand.

Elle haussa légèrement les sourcils.

— Je te fais grâce de la suite, non ? dit-elle en avançant la main vers l'ordinateur.

— Pourquoi, c'est pire que le reste ?

— Oui et non. C'est différent. C'est une imitation de rituel d'embaumement filmé dans les moindres détails. Extraction du cerveau, exorbitation, évacuation des matières et des liquides corporels. C'est gore. Batma s'en est délecté – déformation professionnelle oblige –, mais moi franchement, ça m'a donné envie de gerber. Il s'est filmé en train de préparer sa momie, celle qu'on a retrouvée dans la tombe, couchée près de lui. Son père était un archéologue connu, spécialiste de la Préhistoire et de l'Égypte ancienne. Notre tueur y a puisé son inspiration. Tu veux voir ou pas ?

— Non merci. J'ai peur de mal digérer la pintade aux girolles qu'Yvonne nous a si bien cuisinée ce soir.

Elle éteignit l'ordinateur.

Il lui prit la main et l'attira vers lui.

— Viens. On va aller prendre de la hauteur avec un bon bol d'air.

Cinq minutes plus tard, ils étaient tous deux sur le toit de l'immeuble où ils avaient aménagé une terrasse. C'est là qu'ils montaient, été comme hiver, quand ils avaient besoin de décompresser. Dans ce jardin, il y avait des arbustes, des bacs à fleurs, des condiments pour la cuisine, une table, des chaises ; et un ancien pigeonnier avait été transformé en cabane à outils. Le jardinier de ce paradis entre ciel et terre, c'était René.

— Il en a tué combien ? questionna-t-il abruptement.

— Au moins trente, ça c'est sûr. Mais le nombre exact, on ne sait pas. On ne saura jamais. Il a emporté son secret dans sa tombe. On a les cœurs dans des bocaux, mais pas les corps. Il y a trente cœurs.

Elle marqua une pause et reprit.

— Plusieurs disparitions de jeunes femmes avaient été signalées dans cette région de Bretagne, mais faute d'indices, les dossiers avaient été classés… Il n'y avait probablement pas de journalistes sur place ni d'élections à venir. Comme quoi, même un type comme Marchand a un rôle à jouer.

Un soupir de lassitude lui avait échappé, et un sourire un peu triste étira ses lèvres minces, contractées.

Elle regardait la ville qui s'étendait au loin avec toutes ses lumières allumées dans la nuit. Cette ville dans laquelle des milliers de gens paisibles dormaient, rêvaient, s'activaient, vivaient, mouraient ; cette ville où d'autres gens torturaient, blessaient, tuaient. Tous ces gens qu'ils étaient chargés de surveiller, de protéger – René et elle. « Oui. J'ai échoué », songea-t-elle.

— À quoi penses-tu, ma chérie ?

— Je pense à la douleur des familles. Je pense aux paroles d'un type qui nous a donné un bon coup de main pour l'enquête. Il m'a dit : « Le silence est notre diable à tous ». Il avait raison. Tout le monde savait ce qui se passait entre les murs de ce manoir. Tout ce manège sordide a duré des années. Personne n'a rien dit. Personne n'a rien voulu voir.

Elle eut un rire nerveux.

— Le pire c'est qu'il avait l'air sincère.

— Tu parles de qui, de votre informateur ?

— Je parle du tueur. Il croyait vraiment qu'en lui faisant subir ça, il lui donnait une preuve d'amour. Il l'a momifiée parce qu'il l'aimait à la folie, cette gamine devenue une femme, le sosie de sa mère tortionnaire. Et il lui a pris son cœur, tu sais pourquoi ?

— Non, mais tu vas me le dire.

— Parce que dans l'Égypte ancienne, le cerveau n'avait aucune importance ! Pour eux, c'était le cœur qui était important ! Le cœur était pour eux le siège de la raison, de l'esprit et des sentiments. C'était le cœur qu'il fallait conserver intact… Donc il l'a conservé intact. Il a conservé intacts tous les cœurs de ses victimes. Trente, on en a compté trente, répéta-t-elle d'une voix enrouée.

Il y eut un silence. Un chien aboyait.

— Au fait, je t'ai dit que Dugain était en maison de repos ? fit-elle en passant du coq à l'âne.

— Oui, tu me l'as dit.

— Bon. On va boucler les valises ? fit-elle en changeant brusquement de ton.

Elle lui sourit. Ses yeux reflétaient ce bleu intense, lumineux, qui l'avait envoûté dès qu'il l'avait aperçue. Elle secoua la tête et recoiffa vivement la courte frange, les petits cheveux qui descendaient dans sa nuque. Le pendentif en forme de cœur qu'elle portait ce soir brillait maintenant d'un éclat rouge rubis.

— Ma crise de fin d'enquête est terminée, déclara-t-elle en guise de conclusion. Trois jours à Marseille, ça va être le paradis, non ? Michel veut nous montrer sa nouvelle création. J'ai hâte de voir la Bonne Mère et la lumière sur le Vieux-Port, et je voudrais aussi faire un tour dans les Cal…

À cet instant précis, le téléphone qu'elle conservait toujours sur elle se mit à sonner.

— Bonsoir Tréguière, navré de vous joindre chez vous à cette heure tardive, mais c'est urgent.

René avait immédiatement reconnu, lui aussi, la voix de Montansier. Il haussa les épaules et murmura :

— Marseille, ce sera pour une autre fois, ma petite beurre salé. Le crime n'attend pas.

À propos de Lowe Thornvald

Diplômée de l'ESJ (École Supérieure de Journalisme), j'ai exercé mon métier de journaliste indépendante dans un grand nombre de médias, parmi lesquels : Parents, Cosmopolitan, La Maison de Marie-Claire, ELLE, Le Monde, TF1, Télérama, Ça m'intéresse.

J'ai également exercé le métier de lectrice au Fleuve noir ; et j'ai traduit, écrit ou coécrit pour les éditions Hachette, Milan, Nathan, Atlas.

Je vis aujourd'hui à Marseille. Pour tuer le temps, j'écris des romans noirs et des thrillers.

Courriel : lowethornvald@gmail.com

Internet : www.facebook.com/LoweThorn

J'ai relu cet ouvrage attentivement mais je ne suis pas infaillible. Donc si vous décelez une coquille ou n'importe quelle une autre erreur à rectifier, je vous serais grandement reconnaissante de m'envoyer vos remarques sur mon mail.

Amicalement

Lowe Thornvald